目次

主な登場人物

瀬尾なつめ　菓子職人を志し、駒込の菓子舗「照月堂」で職人修業中。京の武家に生まれるが、七歳のとき火事で父母を亡くし、兄・慶一郎とは生き別れ。以降、大休庵の主・了然尼に引き取られ、江戸駒込で暮らす。

照月堂久兵衛　菓子舗「照月堂」の主。若いうちに京で修業。菓子職人としての高みを目指す。父・市兵衛、女房のおまさ、子の郁太郎、亀次郎と暮らす。

市兵衛　「照月堂」の元主。現在は隠居。梅花心易《ばいかしんえき》という占いを嗜む好々爺《こうこうや》。

辰五郎　「照月堂」の元職人。独立し、本郷に「辰巳屋」を開くが、一旦店を閉め、現在は上野の大店「氷川屋」で親方を務める。

柚木長門　宮中の菓子作りを担う主果餅《くだもののつかさ》の職を代々受け継ぐ柚木家の嫡男。家と職の存続のため、父が金のある九平治を当主として養子に迎えたことで、複雑な立場にある。九平治は現在、菓子司「果林堂」を営む。

安吉　「照月堂」で働いていたが、その後久兵衛の紹介で京の「果林堂」で修業中。気難しい長門と相性がよく、敬愛している。

了然尼　黄檗宗の尼僧。かつて宮中で東福門院徳川和子に仕えていた。なつめの母の親族で、両親を亡くしたなつめを引き取って以来、成長を見守ってきた。

宝の船

江戸菓子舗照月堂

第一話　袖のたちばな

一

元禄《げんろく》四（一六九一）年の冬は瞬《また》く間に過ぎていき、駒込《こまごめ》の菓子舗照月堂《しょうげつどう》では暮れの行事に合わせた〈鬼やらい団子〉を拵《こしら》え、年の締めくくりとした。十二月三十日の大晦日《おおつごもり》、少し早い店じまいをした後、皆でこの団子をいただこうと、仕舞屋《しもたや》の居間に人が集まっている。

「今年も皆、よく働いてくれた。何事もなく年の瀬を迎えられて、本当によかった」

主人の久兵衛《きゅうべえ》が、番頭の太助《たすけ》、その甥《おい》の文太夫《ぶんだゆう》と雑用係のおその、さらに、職人のなつめと三太《さんた》を順に見やりながら告げた。久兵衛の傍らには妻のおまさと隠居の市兵衛《いちべえ》がおり、郁太郎《いくたろう》と亀次郎《かめじろう》、富吉《とみきち》も顔をそろえている。

久兵衛の身内と店の奉公人が集まると、今や総勢十一人。こうなると、隣の部屋に続く襖《ふすま》を開け放って使わなければならぬほどであった。

「今年はこれという難儀もなく、売り上げも伸びる一方でございました。何もかも、旦那さんのお力によるもので」

太助が言葉を返すと、久兵衛は「いや」と短く答えた。

「皆一人ひとりの精進のお蔭《かげ》だ」

久兵衛の言葉に続き、

「そうだね。今年から来てくれた三太とおそのさんも、実によくやってくれた」

と、市兵衛がほのぼのした笑みを浮かべながら言う。

秋になってから、なつめが了然尼《りょうねんに》の看病のため来られない日が増えたのだが、その間、三太は頑張って成長した。また、かつて夫がかけた迷惑を少しでも穴埋めできれば、と懸命に働くおそのの献身ぶりも、皆に十分伝わっている。

一同は市兵衛の言葉にうなずきながら、三太とおそのに温かい眼差《まなざ》しを注いだ。

「この団子は、辰五郎《たつごろう》が考えたもので、鬼やらいで使う豆を黄《き》な粉《こ》にしてまぶしている。去年までは辰五郎が届けてくれていたんだが、今年はさすがに来られないから、俺たちで拵えた」

かつて市兵衛の弟子であった辰五郎は、照月堂から独立していったん店を持ったのだが、とある事情から今は店を休業し、上野の菓子舗氷川屋《ひかわや》で親方として働いている。

「鬼やらい団子って名前は、おいらがつけたんだ」

亀次郎がおそのや三太に向かって言った。

「まあ、亀次郎坊ちゃんが？」

と、おそのが驚いてみせたので、亀次郎は得意げである。

「お団子、食べていいの？」

亀次郎が久兵衛に訊《き》き、それじゃあ麦湯の用意を――と、おまさとおそのが立ち上がりかけた時、

「ちょっと待て」

と、久兵衛が声をかけた。

「その前に、ちゃんと話しておきたい」

声にしんとした響きがこもっている。おまさとおそのが腰を落ち着けるのを待ち、久兵衛は改めて口を開いた。

「なつめのことだ」

久兵衛の眼差しがまっすぐ注がれているのを感じ、なつめは姿勢を正した。

いよいよ、その時が来てしまった。久兵衛が今、皆の前で口にしようとしているのは、今年の仕事納めとなる今日を境に、なつめが照月堂の職人を辞めることだ。その話は数か月前になつめから久兵衛に願い出たもので、大人たちは皆、すでに承知のことであった。

なつめが二年半にわたって勤めた照月堂を去らねばならなくなったのは、母代わりの尼

僧了然尼が上落合村《かみおちあいむら》に新しい寺を建立し、そちらへ移るからであった。了然尼は無理がたたって、体を壊した直後でもあり、なつめは了然尼のそばで暮らす道を選んだ。

上落合村の寺へ移れば、駒込の照月堂へ毎日通うことは難儀となり、病身の了然尼の世話が行き届かなくなる。

「今の了然尼さまから離れることは、私にはできません」

了然尼の寺づくりのことも、また病のことも聞いていた久兵衛は、なつめの決断に驚きは見せず、ただ「そうか」と応じただけであった。ややあってから、

「分かった。皆、残念がるだろうし、俺も同じ気持ちだが、他人がとやかく言えることじゃねえだろう」

と、久兵衛は自分を納得させるように呟《つぶや》いた後、改めてなつめに目を向けた。

「ただ一つ訊きたい。お前、菓子作りからも足を洗うつもりか」

「とんでもない！」

うつむいていた顔を上げて、なつめは大きく頭《かぶり》を振った。続けて、

「菓子作りをやめるつもりはありません。この道を進んで行くという気持ちは変わらないです」

と、改めて言い直した。

「なら、お前は弟子のままということでいいな」

照月堂の職人ではなくなっても、久兵衛を師匠と思い続けていいのだ、という意味に気

づき、なつめの胸は感謝で満たされた。

「ところで、前に辰五郎がしていたみてえに、時折、手伝いに入ってもらうことはできるのか」

「はい。都合さえつけばいつでも駆けつけます」

なつめは力をこめて明るく言った。

「なら、こっちから頼むことがあるかもしれねえ。もちろん、お前もうちの連中を頼ってくれ。菓子のことでも、それ以外のことでもだ」

「お言葉、ありがとう存じます」

なつめは深く頭を下げた。

「それで、了然尼さまが上落合村へお移りになるのはいつになるんだ？」

と、久兵衛は声の調子を変えて尋ねる。

了然尼は秋の終わりには床を払っていたが、上落合村へ移るのは、医者松下亭秋《まつしたていしゅう》の勧めもあり、春を待つことになっていた。その頃には庫裏《くり》も完成している予定である。

「なら、今年いっぱい働いてもらうってことでどうだ？」

久兵衛の言葉に、なつめは「はい」と答えた。

この件は久兵衛から他の者に伝えられていたようで、なつめが改めて一人ひとりに挨拶《あいさつ》した時には、皆はすでに承知していた。そして、口々に残念だと言いつつも、なつめをいたわってくれた。

「縁が切れちゃうわけでも、遠くへ行ってしまうわけでもないんだから、これからも身内のような顔をして、しょっちゅう来てちょうだい」

おまさは目を潤ませながらも励ましてくれ、最後の日は湿っぽくせず、またすぐに会う日を約束して、笑顔で別れようと言い合っていたのだが――。


「なつめちゃんのことって、何？」

久兵衛が口を開くより先に、訊き返したのは亀次郎であった。

いつもの甘えた口の利き方ではなく、深刻そうな物言いである。同い年の富吉も不安げな表情を浮かべており、しっかり者の郁太郎も、どこか落ち着かない目の色をしていた。

子供たち三人だけは、なつめが今日で辞めることを知らないのである。

「旦那さん、私からお話ししてかまいませんか」

なつめは久兵衛に尋ね、その無言のうなずきを受けると、子供たちの前に移動した。

「年が明けたら、私はここからちょっと遠い上落合村ってところに移るんです。そのため、これまでのようにこちらへ通うのが難しくなってしまったんです」

「それじゃあ、なつめお姉さんはもう来なくなっちゃうってことですか」

すかさず、郁太郎が話を先回りして訊いた。

「ええっ、嫌だよ、なつめちゃん」

「おいらも嫌です」

亀次郎と富吉がすぐに続けて訴えた。

「二度と伺わないわけじゃありません。遠いと言ったって、同じ江戸なんですから」

なつめは明るく軽い調子で言った。

「でも、なつめお姉さんはうちのお店の人じゃなくなっちゃうってことでしょ。辰五郎さんや安吉《やすきち》お兄さんみたいに」

郁太郎はなつめの物言いにつられることなく、悲しそうに言う。

「それは……」

一瞬、返事につまったなつめを助けるように、

「辰五郎だって、うちを辞めた後も度々ここへ来ていただろう。なつめだって同じさ」

久兵衛が口を添えた。

「そうですよ。今じゃ、文太夫さんやおそのさん、三ちゃんもいてくれますし、私も皆の顔を見にしょっちゅう参ります」

「だったら、うちに住めばいいじゃん。三ちゃんみたいにさ」

亀次郎がいい案を思いついたという様子で、突然笑顔になった。

「それはできないの」

切なさでいっぱいになりながら、なつめは首を横に振る。

「お母さまと思うお方のおそばを離れることはできませんから」

「了然尼さまのことですか？」

子供たちの中でただ一人、了然尼と顔を合わせたことのある郁太郎が訊いた。その通りですと、なつめはうなずく。

「亀次郎も富吉も明日からはもう八つになるんだから、なつめさんを困らせるようなことは言わないの」

おまさはまず年少の二人に向かって言い、それから郁太郎に目を向けると、

「郁太郎は分かるわね」

と、続けて尋ねた。郁太郎は「うん」と素直にうなずき、

「よく分かるよ」

と、しっかり答えた。郁太郎がそう言ってくれたことに、ほっとしながら、

「郁太郎坊ちゃん、ありがとうございます」

と、なつめはにっこりしてみせたのだが、郁太郎の表情はいつもと違っている。

「分かるけど、寂しいことに変わりはないよ。だって、他の人が一緒にいてくれることと、なつめお姉さんがいなくなることは、ぜんぜん違うことでしょ？」

「これ、郁太郎。何を言うの。そんなこと言ったら……」

おまさが慌ててたしなめた途端、二人の幼い子供たちから、うわあんと大きな泣き声が上がった。

「馬鹿野郎。お前がそんな言い方したら、なつめが困るってことが分からねえのか」

と、久兵衛が郁太郎に厳しい言葉を向ける。

「旦那さん、郁太郎坊ちゃんが悪いわけじゃありません」

なつめは慌てて郁太郎を庇《かば》った。

「なつめさんの言う通りだよ。郁太郎は本心を言っただけじゃあないか」

と、続けて市兵衛が久兵衛をたしなめる。

その後は、泣き出した亀次郎や富吉を、おまさとおそのがなだめねばならなくなった。

郁太郎は泣き出しこそしなかったが、じっとこらえるような表情のまま押し黙っている。

（郁太郎坊ちゃんがあんなふうに言うなんて……）

子供っぽい物言いとも聞こえたし、実際、久兵衛やおまさはそう聞いたようだが、ひどく理屈っぽい大人びた物言いと聞こえなくもない。どちらにしても、郁太郎がなつめを特別だと思ってくれていたことに、心が大きく揺さぶられた。

（郁太郎坊ちゃんは辰五郎さんのことも慕っていたというし……）

今度はなつめが店からいなくなることで、自分一人取り残されるような寂しさを感じているのではないか。早くに実母を亡くした郁太郎の、表に出せない孤独やつらさを思い、なつめは胸がつまった。

亀次郎や富吉は、今どれほど泣いていても、少し経《た》てば、なつめの不在に慣れてしまうだろう。だが、郁太郎は――。

やがて、亀次郎と富吉は泣きやみ、市兵衛が団子を食べようと執《と》り成すと、その場は落ち着いた。おまさとおそのが台所へ立つと、亀次郎と富吉はなつめの近くへ寄って来て、

「本当に、これからも来てくれる？」

「次はいつ来るの？」

と、次々に問いかけ始める。なつめが「必ず来る」と言えば、「約束だからね」と亀次郎は何度も念押しし、おとなしい富吉もまた「きっと来てね」と言い添えた。

だが、二人がそうしてなつめにまとわりついている間、郁太郎は弟たちに席を譲るように、なつめのそばを離れてしまっていた。

郁太郎と二人で話ができたのは団子を食べ終え、皆に見送られる形で玄関へ行ってからのことである。

「なつめさんはこれからだって、うちの福の神だからね。そのことは忘れないでおくれ」

市兵衛は、初めてなつめに会った時に告げた占いの言葉を引いて言う。

「ありがとうございます、大旦那さん」

思えば、市兵衛との出会いから照月堂との縁が始まったのであった。そして、照月堂の〈最中《もなか》の月《つき》〉を知り、郁太郎や亀次郎と出会い……。これまで重ねてきたいくつもの思い出、その時々の皆の顔が浮かび上がってくる。

「大変お世話になりました」

皆を前に深々と頭を下げた後、「ああ」とややぶっきらぼうに返事をした久兵衛は、後ろにいた郁太郎を前に押し出すと、

「お前がなつめを外まで送ってやれ」

と、言った。

「えっ？」

と思わず声を上げた郁太郎は、久兵衛を見上げ、「いいの？」というような目を向ける。

久兵衛はただ「頼んだぞ」と言って、郁太郎の肩を軽く押した。

「ええー、それならおいらたちも」

亀次郎がすかさず不満そうな声を上げたが、

「お前らは豆まきの準備だ」

と、久兵衛に言われると、早くもそちらに気を奪われたらしい。名残《なご》り惜しそうな目をなつめに向けつつも、「じゃあ、なつめちゃん、またね。絶対だよ」と言い残し、亀次郎と富吉は久兵衛と一緒に奥へ戻って行った。

「じゃあ、坊ちゃん。通りへ出るところまでお願いしますね」

なつめは郁太郎に笑顔を向けて言い、郁太郎は「はい」と弾かれたように返事をする。おまさたちに見送られつつ、二人は家の外へ出た。

「なつめお姉さん、ごめんなさい」

庭の枝折戸《しおりど》を開けようとしたところで、郁太郎は不意に謝った。

「何のことですか」

なつめが振り返って問うと、

「さっきのこと……なつめお姉さんを困らせるつもりはなかったんです」

と、郁太郎はうつむきがちに告げた。

「困らせてくれて、いいんですよ」

なつめは柔らかく微笑《ほほえ》んだ。

「どうして？」

「大事な人のしたことならば、嫌な気持ちはしないからです。むしろ、坊ちゃんのお言葉で、私は温かい気持ちになれました」

首をかしげていた郁太郎の表情に、少しずつ理解の色が浮かび始めた。

「旦那さんだって、坊ちゃんのことをお叱りになりましたが、あの場を収めるためだったと思います。だから、こうして坊ちゃんと私が二人で話せるようにしてくれたのですよ」

「……うん」

「さっき、亀次郎坊ちゃんや富吉ちゃんと、またここへ来る約束をしました。郁太郎坊ちゃんとは別のお約束をしたいのですが、聞いてくれますか？」

「聞くよ。なつめお姉さんの言うことなら何だって」

郁太郎は真剣な面持ちで答えた。

「いつかまた、一緒にお菓子を作りましょう。前に〈みかん餅《もち》〉を作った時みたいに。二人で辰五郎さんから〈辰焼《たつや》き〉の作り方を習った時みたいに」

「はい、分かりました」

郁太郎は顔を輝かせてうなずいた。

「もう少ししたら厨房《ちゅうぼう》に入れてやるって、お父つぁんも言ってくれたんです」

「じゃあ、私も郁太郎坊ちゃんに負けないように頑張らないと」

なつめは郁太郎の小さな手を取り、両手でそっと握り締めた。

「この手がこれから作るお菓子を、私は楽しみにしています」

「うん、なつめお姉さんも」

郁太郎ももう一方の手を添えて力強く言った。これから菓子職人を目指す少年の手は柔らかく、そして温かかった。

二

なつめが了然尼と暮らす大休庵《だいきゅうあん》へ帰り着いた時、まだ日は落ちていなかった。夕暮れの薄明かりに誘われるように、なつめは庭へと向かう。

いちばんのお気に入りは、棗《なつめ》の木が植えられている場所だ。この木は、なつめが大休庵へ引き取られて間もなく、了然尼が植えてくれたものであった。

上落合村へ移ることになれば、大休庵とも棗の木ともお別れになる。自分の名の由来でもある棗の木を、亡き父母の墓標に見立て、ことあるごとに手を合わせてきたなつめにとって、それはつらい別れであった。

今日は、照月堂での仕事を無事に終えたことを父母に伝えておきたい。そんな思いから、なつめの足は自然と棗の木の前へ向かった。

（父上、母上）

今朝、出がけにも手を合わせた木の前で、再び合掌する。

（照月堂での仕事を終えてまいりました。これまでお守りくださいましたこと、ありがたく存じます）

心からの祈りを捧《ささ》げ、なつめはゆっくりと目を開けた。

この棗の木は毎年、暗赤色の実をつけてくれたが、来年の収穫には立ち合えないだろう。これまでの感謝の気持ちをこめて、なつめはそっと木の幹に手を触れた。

できることなら、上落合村の寺の境内にも、新たに棗の木を植えさせてもらえればと思う。苗木から植えたら、実がなるまでに数年はかかるだろうが、棗の実は体にもいい。了然尼の健康のためにも役立つはずだ。

（体にいいといえば、生姜《しょうが》を育てるのもありかもしれないわ。どちらも菓子の材料になることだし……）

折を見て了然尼さまにも相談してみよう、などと考えていると、

「もうお帰りどしたか」

背後から声をかけられ、なつめははっと振り返った。庭に面した縁側に、了然尼が現れたところであった。綿入れを羽織った了然尼の傍らには、奉公人のお稲《いね》が付き添っている。

「外の風に当たっても、大事ございませんか」

つと不安になって、なつめは了然尼のもとへ駆け寄って尋ねた。

「そない心配せえへんかて、わたくしは大事のうおす」

了然尼は微笑みながら答えた。

「もう立春かて近いのやし、床を払うてずいぶんになりますのやで」

「でも……」

確かに了然尼は健やかになった。屋内であれば、倒れる前と何ら変わりなく過ごすこともできる。一時期、細かった食も以前と同じくらいの量まで戻った。

それでも、了然尼が突然倒れたと知った時の、指の先まで凍りつくような不安と恐怖を、なつめは忘れることができない。それと知ってか、なつめが照月堂を辞めると告げた時も、了然尼はあえて反対しなかった。ただ、「ほんまにええのどすな」と、少し悩ましげな眼差しで念を押しただけである。

なつめは、自分がそうしたいのだと答えた。以後、二人の間でそのことについて話したことはない。

だが、今日はなつめの仕事納めの日だ。了然尼が自分の帰りを、さまざまな思いを抱えながら待っていてくれたのだと、なつめは気づいた。

「照月堂はんでのお仕事は、無事に終わりましたのやな」

改めて尋ねた了然尼に、なつめは「はい」と答えた。

「皆さまと名残りを惜しむ時も、十分に取っていただけました。この後も、何かあればお手伝いをするお約束ですし、坊ちゃんたちともまた会う約束をいたしました」

なつめは沈んだ声にならないよう、明るく告げた。

「そうどすか」

了然尼は穏やかにうなずき返す。

「もう中へお入りください。私もお部屋へ参りますので」

なつめは次第に光の薄れていく庭の様子に目をやりながら告げた。

お稲に付き添われた了然尼が奥へ行くのを見届けてから、なつめは玄関口へ回った。いったん自室へ引き取り、身じまいを整えてから了然尼の部屋へ行くと、お稲がすぐに麦湯を差し出してくれる。湯気の立つ麦湯を口に含んで一息吐《つ》いたところ、

「今日、慶信尼《けいしんに》殿が挨拶に来られましたのや」

と、了然尼が告げた。

「まあ、慶信尼さまが――？」

なつめは目を瞠《みは》った。最後に慶信尼と会ったのは秋の頃で、その後は音沙汰《おとさた》がない。自分と顔を合わせにくいのだろうと、なつめは考えていた。

慶信尼は京の武家、田丸外記《たまるげき》という人の妻だったのだが、かつてなつめの兄慶一郎《けいいちろう》と恋仲だった時期がある。

その頃、兄が父と言い争っていたことを、なつめも覚えていた。間もなくなつめの家は火事に遭い、父母は亡き人に、兄は行方知れずになった。ただし、一年ほど前、兄が駿河《するが》

に暮らしていたことを、なつめは人づてに聞いている。

慶信尼が兄の想い人だとはずっと知らなかったのだが、先だって慶信尼本人から打ち明けられた。なつめが慶信尼と会ったのは、その日が最後であったのだが……。

「年末のご挨拶ということどしたが、年が明けたら、一度、京へ戻らはるそうや」

と、了然尼はなつめに語った。

「そうでしたか、京へ……」

京には前夫の田丸外記がいるのだが、慶信尼が江戸へ出たことも出家したことも外記は知らないという。

安吉の便りによれば、外記は元妻の行方を追っているそうで、なつめはその旨を慶信尼に伝えていた。慶信尼が京へ戻る決意をした背景には、その話が関わっているかもしれない。上京の後、しばらくあちらへ留まるつもりなら、再び会うのは難しくなるのだろうか。

「年が明けたらすぐ、お発《た》ちになってしまわれるのでしょうか」

「ご出立は一月半ばくらいやと伺いました。その前にもう一度、お寄りくださるそうや」

という了然尼の返事に、なつめはほっとする。それならば、ゆっくりと言葉を交わすことができるだろう。

「その折には、手作りの菓子など召し上がっていただければと思うのですが」

なつめが言うと、了然尼は深々とうなずいた。

「なつめはんが作らはったお菓子なら、慶信尼殿も喜ばれますやろ。松の内が過ぎた頃、また来ると言うてはりましたえ」

「松の内の後、でございますね」

その時期なら何がいいだろうと、なつめは考えた。

新春はおめでたい菓子がふさわしいが、その手の煉《ね》り切りならば、鶯《うぐいす》や梅の花を象《かたど》ったものが好まれる。旅立ちの挨拶の席ということを踏まえれば、道中の無事や健康を願う菓子もいいかもしれない。あるいは、そういう縛りからは外れ、慶信尼自身の好きなものや思い出にまつわる菓子を作るのもいい。

（でも、〈最中の月〉は前にお出ししたことがあるし……）

できれば、他の菓子を食べてもらいたいという気持ちがあった。

「慶信尼さまがお好きなもの……食べ物でもご趣味でもよいのですが、了然尼さまには心当たりなどございますでしょうか」

思い余って尋ねると、「そうどすなあ」と了然尼は考え込んだ。

「特にこれ、という話を聞いた覚えはのうおすが……」

首をかしげながら呟いた了然尼は、ややあってからじっとなつめに目を当て、

「無理にお好きなものを探し当てんでも、なつめはんが慶信尼殿に似つかわしいと思うものを、拵えはったらええんと違いますか？」

と、言い出した。

「慶信尼さまに似つかわしいと、私が思うもの？」

了然尼の言葉をくり返しながら、なつめは慶信尼との出会いから思い出をたどり始めた。

初めて会った時のことはよく覚えている。慶信尼はまだすみ江《え》という名の俗世の女人であった。いかにも上品な風情の奥方と見え、なつめはどことなく亡き母に似たすみ江のことを一目で好きになった。ほのかに懐かしく、慕わしい雰囲気を漂わせるその面影は、とても印象深く感じられたものである。

（そういえば、あの時、私はしのぶさんからいただいた橘《たちばな》の枝を持っていて……）

すみ江はすぐにそのことに気づいたのだった。そして、一首の歌を口ずさんだ。


五月《さつき》待つ花たちばなの香《か》をかげば　昔の人の袖《そで》の香ぞする

五月を待って開花する橘の香りを嗅《か》ぐと、懐かしい人が袖にたきしめていた香と同じ香りがする、という意の有名な古歌だ。

（慶信尼さまはとてもかぐわしい香をたきしめておられた）

あの日の香りのことも、なつめは懐かしく思い出した。その話を了然尼と交わした時、あることを教えてもらったように思うが、何だったろう。思い出そうとしていたら、

「……誰《た》が袖《そで》」

という言《こと》の葉《は》がふと口を衝いて出た。

「匂い袋のことどすか」

了然尼が晴れやかに微笑んだ。

「慶信尼殿には匂い袋が似合いやと、なつめはんは思わはったのやな」

ええんと違いますか――と、了然尼はうなずく。

（あの時、「誰が袖《のうり》」が匂い袋の別名であることを、了然尼さまから伺ったのだわ）

なつめの脳裡に、橘の花と匂い袋が同時に浮かび、やがて混じり合った。

初めに思い浮かんだのは、橘の花の煉り切りに、その花を思わせる香りをつけたもの。

しかし、煉り切りに上手な香りづけをするのは難しく、花の香りが食欲をそそるものになるかどうかは分からない。

だが、橘の古歌を想起させる菓子を作るのなら、「香り」が関わるものにしたかった。

菓子に香りをつけなくとも、花の香《か》を想起させるもの。

匂い袋の形の煉り切り――これならば見た目だけで「香り」を連想させられる。

「誰が袖――匂い袋をもとにしたお菓子を作ってみようと思います」

なつめは明るい声で了然尼に告げた。

三

年が変わって三が日が過ぎると、なつめは煉り切りを拵える練習を重ねた。

餡《あん》の味わいや滑らかさは照月堂での修業で培ったものがあり、匂い袋の形もそれほど複雑ではない。問題はその色合いである。橘の花は、花弁が白で、真ん中が淡黄色。このおとなしめの色合いで、橘の香り立つような明るさや華やかさを出すのは難しい。

ところが、よくよく調べてみたら、匂い袋を「誰が袖」と呼ぶようになったきっかけの歌は、慶信尼が呟いた橘の歌ではなかった。


色よりも香こそあはれとおもほゆれ　誰が袖ふれし宿の梅ぞも

色よりも香りがあわれ深い梅の花。いったい誰の袖が触れた移り香で、こんなにもかぐわしいのでしょう——という意の歌である。

ここでは、袖の香りは橘ではなく、梅の花だ。

（梅の花はちょうど今の季節だし、紅梅色を使えば華やかさも出せるけれど……）

慶信尼の思い出と深く結びついた橘の花も捨てがたい。

悩みながら、なつめは匂い袋の下絵を描いた。橘の花をもとに淡黄色、梅の花をもとに紅梅色の色付けもする。そのうち絵筆が走り、つい濃淡のぼかしをつけてしまった。

（旦那さんの腕前なら、こんなお菓子も作れるでしょうけれど……）

袋の下から上へ行くに従って徐々に色を薄くしていくぼかしの技は、自分にはまだ難しい。いつかこんな菓子を作れるようになりたいと思いつつ、今できる工夫を凝らし、なつめは試作を重ねた。

慶信尼から知らせがあったのは、松の内を過ぎた八日のこと。十日の昼過ぎに伺いたいという申し出に、了然尼は承諾の返事をした。

そして当日、慶信尼が現れたのは昼の八つ（午後二時頃）過ぎである。なつめは菓子の支度を調《ととの》え、お稲と客間へ向かった。

「今日はようこそお越しくださいました」

なつめは美しい所作で頭を下げ、菓子皿を慶信尼の前に差し出した。

「お久しいことでございます、なつめさま。すっかりご無沙汰してしもて」

慶信尼は落ち着いた様子で言葉を返す。

「京へ上られると伺いましたが……」

「へえ。十五日にこちらを発つつもりどす」

出立の支度もほぼ調ったと告げた後、

「こちらは、なつめさまがお作りになったものでございますか」

と、慶信尼は菓子皿に目を向けて問うた。匂い袋の形をした淡黄色と紅梅色の煉り切りが二つのせられている。

「はい。京へお発ちになる前に召し上がっていただくことができて、ようございました」

「可愛らしいこと。匂い袋の香が立ち上ってくる心地がいたします」

慶信尼は顔をほころばせた。

「せっかくやし、頂戴する前に意匠の由来など、聞かせてもらいとうおすな」

了然尼がなつめに穏やかな笑顔を向けながら言うと、

「それはぜひ、わたくしも聞かせていただきたく」

と、慶信尼も言葉を添える。

「仰《おお》せの通り、匂い袋を象った煉り切りでございます。匂い袋は『誰が袖』とも申しますことから、そのもとになった和歌を念頭に拵えたのですが……」

「『誰が袖ふれし宿の梅ぞも』の歌でございますね」

慶信尼の口から自然と歌の一節がこぼれ出た。

「はい。ただ、袖の香といえば、橘の香りを詠《よ》んだ『五月待つ』の歌もございます」

なつめの言葉に、慶信尼は深々とうなずいた。

「なつめさまと初めてお会いした時、橘の枝をお持ちになっておられましたな」

あのひと時の出来事を、慶信尼も覚えてくれていたのである。

「梅の花もよいのですが、やはり花橘も捨てがたく。そこで、ふた色の煉り切りを作ることにいたしました」

「匂い袋の上と下では、色の濃さが違うのでございますね」

慶信尼がじっと菓子皿を見つめながら言う。

匂い袋の菓子は、紐《ひも》でくくられた作りの下の部分が濃く、上が淡い色をしている。橘の菓子は下が淡黄色なので、紐より上の部分は白に近かった。徐々にぼかしをつけるのは無理だったが、せめてもと考え出した工夫である。

「梅の花と橘の花、それぞれを連想させる仕掛けどすな。『誰が袖』がそのまま菓銘になりそうや」

了然尼が朗らかな声で言葉を添えた。慶信尼がしみじみとした様子でうなずいたが、ややあってから、小首をかしげると、

「せやけど、梅の花と橘の花は咲く時節も違い、お店に出る時期も異なりましょう？　ほな、銘も別々につけられたらよろしいのでは？」

と、言い出した。少し思案顔になった慶信尼はすぐに表情を明るくして、

「〈袖のたちばな〉に〈袖の梅〉、などはいかがでございましょう」

と、なつめに目を向ける。

「まあ」

なつめと了然尼は思わず目を見合わせていた。

「いずれ、なつめさまがご自分のお店を持たれた折、このお菓子が並べられるかもしれへんのどすな」

いつになく楽しげに、そして熱心に言う慶信尼の様子に、なつめは少し驚いていた。

（そういえば、慶信尼さまは私に店を持つよう、勧めてくださったのだわ）

その提案は頭にはあったものの、まだ現《うつつ》のこととして考えるには遠い事柄であった。しかし、照月堂を離れ、それでも菓子作りを続けていきたい今の自分にとって、しっかりと考えてみるべき将来の見取り図かもしれない。

「わたくしときたら、余計な差し出口を――」

無言になってしまったなつめの態度に、はっとした様子で、慶信尼が肩をすくめた。

「いいえ、とんでもないことです」

慌ててなつめは言った。

「今の私が自分の店を持つなど、夢物語でございます。ですのに、慶信尼さまだけはいつかその日が来ることを、心の底から信じていてくださいます」

そのことが何よりありがたく、嬉《うれ》しいのだと、口にはせずとも、思いは慶信尼に伝わったようであった。

「ほな、慶信尼殿。お菓子をいただきまひょ」

了然尼が優しく言い、慶信尼も「はい」と嬉しそうにうなずいた。

「頂戴いたします」

二人の尼僧は両手を合わせ、皿と黒文字《くろもじ》を手に取った。二人とも、〈袖のたちばな〉に黒文字を入れている。淡黄色の一部が慶信尼の口に含まれた。

いつしか慶信尼は目を閉じて、菓子を味わっている。口の動きが止まってからも、その目は閉じられたままであった。ややあって、目を開けた慶信尼は残りをすべて口に運び、ゆっくり飲み込んでから、

「大変おいしゅうございました」

と、なつめに向かって手を合わせた。

「喉を通っていった後も、それぞれの香りが鼻の奥に残っている心地がして……」

慶信尼の言葉に、なつめは少し首をかしげる。

「菓子に香りはつけておりませんが……」

そう言うと、慶信尼もそれは分かっているとうなずいてみせる。

「ですけれど、なぜか菓子が喉を通った後、すうっと息を吸い込むと、橘の花、梅の花の香を聞いたような気がいたしました」

「それこそ、言の葉の力なのやおへんか」

と、その時、了然尼が口を挟んだ。

「慶信尼殿のつけはった菓銘と、それぞれの歌の持つ力や。もちろん、なつめはんの作らはったお菓子がその趣に耐えるだけの味わいを備えているからやけど」

了然尼の思わぬ褒め言葉に、むしろなつめはうろたえてしまった。

「私には、まだそこまでの力は……」

「いいえ。なつめさまのお菓子には確かにそれだけの味わいがございます」

なつめの言葉は、慶信尼の力強い言葉に遮《さえぎ》られた。

「職人の技の高みについて、わたくしがとやかく申すことはできまへん。せやけど、今日の〈袖のたちばな〉と〈袖の梅〉には、わたくしをもてなしてくださろうというお心の優しさが沁《し》みていましたさかい」

「ありがたいお言葉でございます」

なつめは心からの感謝をこめて言った。

その後、慶信尼は上京の予定について、道中は同門の僧侶たちと一緒であること、京では寺に滞在し、縁の切れた実家には何も知らせぬつもりであることなどを、ぽつぽつと語った。

「瀬尾《せのお》家のお墓にもお参りさせていただきたく存じますが、よろしおすやろか」

やがて、慶信尼から遠慮がちに問われたなつめは、思う通りにしてくださいと答えた。続けて、もし京に消息を伝えたい人がいればお聞きしたいと言われたが、なつめは首を横に振った。京の親戚とはすでに縁も切れている。気になるといえば、安吉の顔が思い浮かぶが、元気でやっていることは分かっているし、便りも送ったばかりであった。慶信尼はかつて果林堂《かりんどう》の客であったようだが、安吉が外記を探っていたように思われても困るため、あえて知らせるつもりはない。

「田丸の家に出入りできる身ではおへんが、差し支えがなければ、江戸へ参ったこと、出家したことをお伝えするかもしれまへん」

とだけ、慶信尼はややうつむき加減になりながら、小さく告げた。そうした話が一段落すると、慶信尼は静かに頭を下げ、

「それでは、しばらく無沙汰をいたしますが、お二方もお健やかにお過ごしくださいませ」

と、改めて出立前の挨拶を述べた。

その優雅で慎ましい所作を目にした途端、なつめは急に不安になり、

「慶信尼さま」

と、思わず声をかけてしまった。

「あの、また江戸へ帰って来られますよね」

自然と言葉が漏れてしまった。考えてみれば、了然尼も慶信尼も自分も、京こそが故郷だ。帰るという言葉は、京に対して使うことがふさわしく、江戸へ帰るという言い方は本来ならばふさわしくないはずだった。

それなのに、どうしてだろう。なつめ自身はいつしか、江戸が自分の生きる場所だと考えている。たぶん了然尼もそうだろうし、慶信尼にとってもそうなのではないか。

そんな心に生まれた一瞬の揺らぎを、慶信尼は察したようであった。

「わたくしには、他に行くところはおへんさかい」

静かな声で答え、おもむろにうなずき返す。その返事に、なつめは落ち着きを取り戻すことができた。

自分は京で生きる場所を失ったが、江戸で新たな場所を得ることができた。同じように、慶信尼も感じているということは、なつめ自身にも力を与えてくれる。

「慶信尼殿には、わたくしが去った後の大休庵をお任せしたいと思うてますのや」

と、了然尼がなつめに向かって言い添えた。

「まあ、そうだったのでございますか」

慶信尼ならば、大休庵を大事に使ってくれるだろう。庭の棗の木も大切に世話してくれるはずだと思い、なつめの心は温かく満たされた。

「どうか、道中ご無事で過ごされますよう」

なつめは心を込めて告げた。

四

無事に京へ入った慶信尼が、瀬尾家の墓参りを済ませたのは、春も終わりの頃であった。

（ほんまに、何とお詫《わ》びしてもしきれんことをいたしました）

慶一郎となつめの父母の墓で、一心不乱に手を合わせた後、

（慶一郎さまは生きておられるそうにございます）

心を震わせながら報告した。公には慶一郎もまた、この墓に葬られたことになっている。慶信尼自身もそう信じていたが、実は生きているとなつめから聞かされたのは昨年の秋のことであった。

思いきって慶一郎との過去について打ち明けた時、罵《のの》られることも覚悟していた慶信尼に、なつめは慶一郎が実は生きていると教えてくれたのだ。とても信じがたかったが、なつめの凛《りん》とした表情と物言いに、疑いの念を抱くことはできなかった。

（生きていてくださるだけで、わたくしにはありがたいことでございます。二度とお会い

することはございませぬ。わたくしの言えることではありませぬが、どうかあの方がお心安く生きていけますよう、お守りくださいませ）

慶一郎の無事を、その両親にしっかりと頼んだ後はもう、慶信尼はその面影をきっぱりと頭の中から振り払った。

（わたくしの残る生涯は、なつめさまのために使う所存でございます）

自分のせいで人生が大きく変わってしまった娘の面影で胸の中を満たし、慶信尼はなつめの両親の前に誓った。

（どないなことをしても、お嬢さまのことはわたくしがお守りいたします。お嬢さまは今、ご自身の足でしっかり歩いて行こうとしてはりますさかい）

その手助けをするために生きる――そのことを確かに約束して、慶信尼は長年、心に重くのしかかっていた墓参りを何とか終えることができた。

墓の前を離れた時は、身も心も疲れ切っていたが、この先、もう一つ果たさなければならないことがある。かつて夫であった田丸外記との再会であった。

墓参りの前に、慶信尼は菓子司果林堂へ寄り、最中の月を二包み買い求めた。一包みは瀬尾家の墓に供えた後、寺に託してきたが、もう一包みは今も手に提げている。

外記とは、八坂《やさか》神社の前の茶屋で待ち合わせていた。外記に後添《のちぞ》えがいれば会うつもりはなく、前もって確かめたところ、彼は今も独り身であった。

その理由を、自分への未練を残しているからか、などと考えるわけではない。だが、どうあっても許せないという憎しみにとらわれてのことなら、それを消すために力を尽くすのは自分の務めであった。

無論、田丸家の敷居をまたげる身ではないので、人を介して便りを届け、会ってもらえるのなら指定された日時に、その場所へ行くと伝えた。それが今日のことである。

駕籠《かご》で四条へ向かった慶信尼は、外記からの返事で指示された茶屋へ向かった。

門前の茶屋は外に腰掛けの台を設《しつら》え、そこに客を迎えるのが大半だが、中には屋根のある建物に客を迎えるしっかりした設えの店もある。

外記が指定してきた茶屋へ着くと、慶信尼は外の縁台に外記の姿がないのを確かめ、中へ入った。運び役の女中に田丸と名乗る客について尋ねたところ、聞いていないという。そこで、そう名乗る客が来たら知らせてほしいと伝え、慶信尼は仕切りのある席へ案内してもらった。

茶を頼んだものの、手をつけないで待っていると、それから四半刻（約三十分）と経たぬうちに、待ち人がやって来た。

女中に案内された外記が現れたその時、慶信尼は我知らず立ち上がっていた。

「外記さま……」

「そなた、その姿は……」

外記にとって、元妻の尼姿は衝撃だったようで、それなり絶句している。

一方、外記は身なりや顔つきに大きな変化こそ見られないが、ここ何年かの出来事が心に落とした翳《かげ》りを見て取ることはできた。外記は明らかにやつれていた。

両者の驚きぶりが激しかったせいか、また侍と尼という奇妙な取り合わせであったせいか、女中があからさまな眼差《まなざ》しを二人に向けてくる。

外記は取りあえず落ち着こうと、慶信尼の前の席に座り、茶を注文した。慶信尼も黙って座り直した。

それから女中が外記の茶を運んで来るまで、二人は口を開かなかった。湯気の立つ茶が新たに運ばれて来た後、外記は手のつけられていない相手の茶がすっかり冷えていることに気づいたらしく、

「新しいものを頼むか」

と、尋ねてきた。その瞬間、慶信尼の心に、懐かしさと悲しみとがよぎっていった。

夫のこういう不器用な優しさは、人柄のよしとするべき点であり、それを分かっていなかったわけではない。他の男に心を移した理由は、夫に不服があったからではなく、ただ慶一郎に出会ってしまったからとしか言いようがなかった。慶一郎に出会うことさえなければ、自分はこの人の不器用さを大切なものと思って、共に暮らし、共に老いていけたのだろう。

慶信尼は静かに息を整えてから、「いいえ」と答えた。

「そうか」

とだけ応じて、外記は静かに自分の茶碗を手に取る。外記が茶を口にするのを見届けて

から、慶信尼もまた、冷えた茶を口に運んだ。

「そなたは……変わってしまったな」

それが、出家のことを言うのか、それ以外の内面をも含めているのか分からなかったが、慶信尼は「はい」とうなずいた。

「あなたさまは……」

と、続けて言いかけたものの、一瞬臆して、慶信尼は口をつぐんだ。少しばかり目を閉じて呼吸を整えた後、目を開けて外記をじっと見つめた。

「お変わりになったところもございますが、変わらぬところもございます」

つかみどころのない物言いになってしまったが、外記は特にその深い意を問うてくることはなかった。

「お変わりにならないのは、お優しいところでございます」

慶信尼の言葉を、外記は無言で受け止めた。

「そのお優しさを、わたくし以外のどなたかに施して差し上げてください」

どうしても言わねばならぬと心に決めていたことを口に出し、慶信尼は肩の力を抜いて口を閉ざした。

わずかの間、沈黙が落ちる。それまでまったく耳に入らなかった茶屋の賑《にぎ》わいが聞こえてきたが、ひどく遠い場所から聞こえるようでもあった。ややあって、

「それは、後添えをもらえという意味か」

と、外記が少し低めの声で訊いてきた。

「さようにございます」

慶信尼がはっきり答えると、外記の口から重い溜息《ためいき》が漏れた。

「そなたを離縁したのは、親族たちの勧めがあまりに激しかったゆえ。わしには決然とそれを斥《しりぞ》けるだけの強さが足りなんだ」

「無理もございません。わたくしを信じられぬお気持ちもおありやったやろし……」

「それは……確かにあったやもしれぬ。されど、その後は悔やむ気持ちだけが残った。後添えのことを人から勧められれば、なおのこと。やがて、わしはそなたと再縁したいのだと気づいた。たとえ、田丸の家を出ることになろうともな」

「……もったいないお言葉でございます」

慶信尼はその場に頭を下げ、しばらくの間、動かなかった。

「それで、そなたの行方を捜した。無論、そなたの実家へも参ったが、縁を切った、何も知らぬの一点張りでな」

外記の物言いに、ほんの少し苦々しさが混じり込む。慶信尼はゆっくり身を起こすと、外記と目を合わせた。

「それは嘘《うそ》ではございません。わたくしは縁を切られ、その後は実家とはそれきりどすさかい」

「……うむ」

仕方なさそうに、外記は応じた。その声も表情も力のないものであった。

「わたくしは江戸へ参っておりました。京でいくらお捜しになっても、見つからへんのは道理でございます」

「さようであったか」

外記はしみじみと慶信尼の今の姿を見つめた。

「ならば、こたびは江戸からはるばる参ったのか」

「はい。されど、また、江戸へ帰るつもりでございます」

慶信尼は外記の目を見て告げた。

「……さようか。江戸へ帰る、か」

ぼんやりと呟くように、外記は言う。

「もはや、京はそなたにとって、帰って来る場所ではないということか」

自らに言い聞かせるように言った後、外記は静かに目を閉じた。

「わたくしは江戸で覚悟を据え、世を捨てました。それを覆すことはできまへんし、江戸で為《な》すべきこともございます」

慶信尼の潔い言葉を聞き終えた後、外記は目を開けると、

「よう分かった」

と、しっかりした口ぶりで告げた。

「わしはやっと、そなたの本性を分かったように思う」

長い間、よう分からぬ女子《おなご》と思うてきたがなと、やや苦みを含んだ口ぶりで外記は言う。

「そなたはすべてを自分で背負える女子であったのだな」

いちばんつらかった時、外記は頼ってもらいたかったのだと、慶信尼もこの時初めて気がついた。

「わしは後添えをもらうことにする」

さっぱりした声で言う外記に、慶信尼はゆっくりとうなずき返した。

外記と再会が叶《かな》い、本当によかったと心から思える。外記のためには無論、自分自身のためにも、思い切った決断をしてよかった。

「あの、これを買ってまいったのでございますが」

その時になって、慶信尼は携えてきた果林堂の菓子を台の上に置いた。

「それは……」

外記は紐でくくられた紙包みをじっと見つめている。

「果林堂の最中の月でございます。かつて、あなたさまもよう召し上がった……」

懐かしい相手ではあるが、和やかな歓談が期待できるわけではなかった。そのため、奇をてらったものではなく、相手が決して不快にならぬものを選んだつもりであった。

しかし、中身が最中の月であると聞くと、外記は気まずそうな顔つきになった。

慶信尼の心に、ふと疑問が浮かび上がる。

かつて最中の月を食べた時の外記は、その味わいを褒めるわけでもなければ、満足そうな表情を見せるわけでもなかった。だが、それ以外の料理や菓子に対しても同じ反応だったので、味をとやかく言わぬのは武家の作法ゆえと、慶信尼も思い込んでいたのである。

「もしや、あなたさまは最中の月を好まれへんのどしたか」

今になって、元夫の味の好みを初めて問うことになろうとは――。すれ違い、嚙《か》み合っていなかったかつての暮らしぶりが、切なく悲しく慶信尼の心によみがえった。

そして、かつての外記であれば、その問いかけに対し、「好むも好まぬもない」と答えていただろう。そのことが慶信尼には容易に想像された。

しかし、今の外記は――。

「うむ。わしは餅《もち》の口当たりがあまり好きではない」

はっきりと、そう答えた。

「さようでございましたか」

我知らず泣き笑いのような声が出た。それに気づいて、慶信尼は下を向き、込み上げてくるものをこらえた。

過去の日々はもう取り返しがつかない。取り換えることが叶うのは、目の前にある菓子の包みの中身だけだ。元の夫に贈る最後の菓子は、せめて彼が何よりも好むものにしたい。このまま最中の月の包みを取り下げて、終わりにしたくはないと思った。

顔を上げた慶信尼は「申し訳ありませぬ」とまず謝った。それから、

「できるならば、あなたさまのほんまにお好きな菓子をお贈りしとう存じます。お店《たな》もわ

たくしは果林堂を好んで使うてましたが、あなたさまの好むお店がおありなら、そちらのものにいたしたく。どこのお店の、どないな菓子がお好みか、お教えくださいませ」

と、頭を下げた。

「菓子屋は果林堂しか知らぬゆえ、そこでよいのだが……」

と、店についてはすぐに答えたものの、好きな菓子についてはなかなか返事が出てこない。外記はしばらくの間、考えた末、

「むうぅ、どちらかといえば、さっぱりしたものの方が……」

と、かなりあいまいな口ぶりで答えた。

「ならば、葛《くず》菓子のようなものがお好みでございましょうか」

慶信尼がさらに踏み込んで尋ねると、「ふうむ」と言うなり、また返事が止まってしまう。

どうやら、味の好みがないわけではないが、それをとやかく言う機会がなかったため、どう言えばいいか分からないということらしい。それでも慶信尼が返事を待っていると、

「よし」

と、何やら意を決した様子で、外記は言い出した。

「これより果林堂へ参って、決めることにいたそう」

「まあ」

「そなたもそれでよかろう」

「わたくしはかまいませぬが……」

自分と一緒にいるところを人に見られてもかまわないのかと、慶信尼は不安な目を外記に向けたが、

「そなたはもう俗世の女子ではない」

ゆえに問題あるまいと、外記は言う。

外記がそう言うなら、と慶信尼も従い、二人は茶屋を出た。それから別々に駕籠を雇って、二条大路へと向かう。つい先ほど立ち寄って、最中の月を買い求めたばかりの果林堂の店前《たなさき》へ、慶信尼は再び降り立つことになった。

五

果林堂へ向かう道すがら、外記は駕籠に揺られながら、ふと懐かしい心地に駆られた。

(安吉はまだおるのであろうか)

自分の話をしっかり聞いてくれた若い奉公人の顔が自然と思い浮かぶ。

京の店にはめずらしい、江戸弁をしゃべる奉公人であった。あの頃は、自分のことをしゃべるばかりで、安吉の身の上について聞くこともなかった。どうして京の店に奉公しているのか、いずれ江戸へ帰るつもりがあるのか、尋ねてみることもなかったが……。

もしも、まだ安吉が果林堂にいるのであれば、顔を見たいものだと、駕籠に揺られてい

る間、外記は思いを馳《は》せた。

当時、安吉から勧められた菓子があっただろうか。思い出そうとしてみても、何も浮かばない。特に安吉から勧められることはなかったのかもしれないし、自分がろくに耳を傾けていなかったのかもしれない。

元妻の行方を探るため、幾度も果林堂へ足を運び、時にはあの店で買い物もした。ただ、あれこれ選ぶのが面倒だったのと、侍の身で細かいことを問う気まずさから、いつも買うのは最中の月になってしまった。

（だが、最中の月が好きでないということだけは、安吉に話していたのだったな）

菓子屋の奉公人にはたやすく話せることが、肝心の妻に対しては言えなかった。いや、言う必要など感じたこともなかったという方が正しいか。

言わずとも察するのが当たり前、というほど傲慢《ごうまん》な考えを持っていたわけではない。だが、いつまでも察することのない妻に、何とはない不服を覚えていたのは確かであった。いつも己の好きな菓子ばかりを買って来おって——と、口に出しはしなかったが、そんな考えが頭の隅にあったのも事実である。

先ほど、最中の月が好きではないと打ち明けたら、すみ江はひどく驚いていた。やはり、言わなければ伝わらないものなのだ。

最中の月が好きではないことも、武家の体面よりもすみ江の方を大事に思っていたことも。

（だが、すべてはもう遅い）

尼僧となったすみ江の姿を目の前にした時、はっきりとそのことを悟った。やり直すのがどれほど難しいことかは分かっていたが、それでもなお、心の奥にしまい込んでいた一縷《いちる》の望みはあった。だが、それすらも、今度こそ本当に打ち砕かれたのだ。

もはやどうにもならぬ。江戸で為すべきことがあるという元妻の言葉を、冬の雨に打たれる心地で聞きながら、もはやこれまでと受け止めた。ようやくすべてを呑《の》み込む境地に達し得たと、自分なりに思えたのだ。そうしたら、最中の月を本当は好まないのかという元妻の問いかけに、素の自分になって、そうだと答えていた。

さらに、果林堂へ行こうと勢いで誘ってしまったが、夫婦であった時でさえ、共に菓子屋へ行ったことなどない。よくよく考えれば、安吉に離縁の経緯《いきさつ》を話した後はどうにも後味が悪く、訪ねて行くことのなかった果林堂へ、再び、しかもすみ江を伴って足を運ぶのはきまりの悪いことである。

（されど、嫌な気はせぬ）

駕籠に揺られながら、己の心の中を改めて見据え、外記はそう思った。嫌な気どころか、むしろ心も体も軽く感じられる。明日のどこにもすみ江はおらず、二度と帰って来ることがないと分かっていても。

そうして、外記が気持ちを新たにしたところで、駕籠は果林堂の前に到着した。

店前は相変わらずの賑わいである。最後に果林堂を訪れたのは、もう一年半も前のことになるのかと、外記は改めて思いを致した。

先に駕籠を降りていたすみ江は、外記の体面を考えているのか、自ら近付いて来ようとはしない。外記は駕籠屋への支払いを済ませると、すみ江に軽く目配せし、先に立って店の中へ入って行った。少し距離を置いて、すみ江が後に続く。

「おいでやす」

すぐに複数の奉公人たちから声をかけられたが、安吉の顔はない。だが、以前もそういうことは多かった。大抵は少し待つように言われ、ほどなくして安吉が現れるという寸法だったのだ。

とはいえ、しばらくぶりに来たのだから、前のような段取りのよさを期待するのは無理かもしれない。ひとまず、安吉を呼んでくれと頼んでみるか。そう思っていたら、

「失礼いたします」

と、腰を低くして近付いて来た二十代前半くらいの奉公人がいた。

「もしや、田丸さまではございませんか」

「ふむ。さようだが」

見覚えのない奉公人に首をかしげつつ答えると、相手は明るい表情を浮かべた。

「お相手させてもろたことはおへんが、あては茂松《しげまつ》と申します。田丸さまのことは安吉めがようお相手させてもろうてましたが、覚えておいでどすやろか」

茂松と名乗った奉公人は物柔らかな応対で、滑らかに語った。

「おお、無論、安吉のことは覚えておる。よう世話になったが、しばらく無沙汰をしてしもうた」

「いえいえ、お世話になったんはこちらの方でございます。その節はご贔屓《ひいき》にしてくださいまして」

　ご贔屓といっても、時々菓子を買って行った程度のことで、さしたる上客ではなかったはずだ。にもかかわらず、茂松はまるで特別なお得意さまがやって来たかのごとき口ぶりで言う。下手をすると嫌みになりかねないが、さすがは由緒ある菓子司の奉公人で、外記は持ち上げられて悪い気はしなかった。

「今日は遠くからの客人と共に買い物に参ったのじゃ。せっかくのことゆえ、安吉とも話をしたいと思うが、叶うであろうか」

　外記が言うと、茂松は少し離れて立つすみ江にちらと目を向け、またすぐに外記へと目を戻した。

「もちろんでございますとも」

　詮索《せんさく》するような気配など欠片《かけら》も見せず、にこにこと茂松は言った。

「ただし、安吉めはただ今、職人として厨房におりますさかい、少々時をいただくやもしれまへん。せやさかい、お連れさまともども、ゆるりとできますお部屋へお上がり願えればと思いますが」

「何と、安吉が職人に？」

外記は驚いて、思わず訊き返してしまった。安吉は客あしらいをする丁稚《でっち》とばかり思っていたのだが……。

「へえ。あれはもともと江戸の生まれで、あちらでは職人やったそうなんどす。うちでは、店と厨房と双方の手伝いをしてたんどすが、昨年より厨房に付き切りということになりまして」

「さようか。ならば、菓子のことについてくわしく教えてもらえるであろうな」

「は？　安吉に菓子のことをお尋ねになりたい、と？」

その時、それまで実に愛想のよかった茂松の顔が、突然強張《こわば》った。

「何か問題でも？」

怪訝《けげん》な思いで問い返すと、

「いえいえ。問題などなあんもあらしまへん」

と、いささか大袈裟《おおげさ》な手振りで、茂松は答えた。

「ほな、まずはお部屋の方へご案内させていただきます。お連れさまもどうぞ」

と、茂松は腰を低くして言い、まだ十代と見える丁稚を呼ぶと、客間へ案内するように伝えた。

「こちらへどうぞ」

履物を脱いで丁稚の後に続く直前、ふと店の方を見やると、茂松が番頭に慌てた様子で何事か告げている姿が見えた。

番頭に事の次第を伝えた後、茂松は店の廊下伝いに裏庭へ出ると、本厨房《ほんちゅうぼう》へすっ飛んで行った。本厨房は昨年から使われ始めた第二の厨房で、新しい菓子作りのために選ばれた職人たちが研鑽《けんさん》している。

「失礼します。安吉はんはおりますやろか。茂松どす」

中に気難し屋の長門《ながと》がいることもつい失念し、本厨房の戸をどんどんと叩《たた》いてしまった。

「何事どすか」

戸が開けられ、顔を見せたのは、職人見習いの久松《ひさまつ》である。

「えらいことや。安吉はんを出しておくれやす」

とにかくそう訴えると、久松が引っ込み、ややあって安吉が外へ現れた。

「何があったんですか、茂松さん」

布巾《ふきん》を手に現れた安吉は、茂松の慌てぶりに目を瞠っている。

「田丸さまが来はったのや。それも、尼さんを連れてはったで」

茂松は一気に告げた。安吉の目がさらに大きく見開かれる。

「田丸さまが、尼さんを――?」

安吉にとってもかなり驚きだったようで、ただ目を丸くするばかりであった。

「えらい器量よしのお方や。年の頃からして、田丸さまの前の奥方さまやないやろか」

客の前では好奇心などつゆ見せなかった茂松だが、観察するところはしっかり観察していた。

「どうしてまた、前の奥方さまと一緒にお見えになったんでしょう」

安吉は首をかしげている。

「そないなもん分かるか。とにかく、あんたをご指名や。あんたも前に田丸さまが来たら知らせてくれと言うてたやろ。番頭はんもあんたに出てもらいたいと言うてましたで」

そう言った後、茂松はちらと厨房の奥へ目を向け、

「長門さまはお許しくださるやろか」

と、急に小声になって問うた。

「それは、お尋ねしてみないと分かりませんが」

と、安吉も小声になって答える。長門がどう返事をするかは、安吉や茂松の予想できることではなく、また長門が否と言えば、すべては否になるのがこの果林堂の掟《おきて》でもあった。その場合は、田丸外記を納得させるだけの言い訳を拵え、番頭がしかるべき対応に出なければならない。

「取りあえず、長門さまにお尋ねしてみます」

と言い置き、安吉が厨房の中に戻って行った。じりじりと焦りをなだめながら茂松が待っていると、再び戸が開いて安吉が戻って来た。

「好きにしてええというお言葉ですんで、俺、田丸さまのところへ参ります」

という返事にまずはほっとし、茂松は次の話に移った。

「それからな。今日の田丸さまはあんたに、菓子のことで尋ねたいことがあるそうや」

「え、俺に？」

　安吉はきょとんとした表情を浮かべた。

「えらいことやと言うたのはそれや。あんた、お客さまに物を尋ねられて、うちの店の菓子のことをよう説明することができるんか？」

「え、ええと……」

と、安吉は口ごもっている。

　安吉は本厨房専属の職人になるまで、確かに店の客あしらいもしていた。ならば、果林堂の菓子一覧が頭に入っている茂松ほどでなくとも、売れ筋の菓子くらいは説明できたっていい。しかし、当時の安吉は番頭の方針もあって、田丸外記のような一癖ある客の対応を主にこなしていた。そのため、菓子のどこを長所として客に勧めていけばいいかまでは、習い覚える余裕が持てなかったのだ。

「でも、田丸さまはこれまで、菓子について俺に尋ねたことなんて、一度もないですよ」

　いつも自分のことをひたすらしゃべるだけだったと、安吉は言った。

「ご無沙汰していた間に、お心の持ちようが変わったんやろ。それはともかく、もしあんじょう答えられへん問いかけが来たら適当に答えず、あてをお呼びやす。部屋の近くに控えてるようにしますさかいな」

「そうですか。茂松さんがついていてくれるなら安心だ」

と、安吉はにこにこしながら答えた。人のよさそうなその笑顔を子供のようやと思いながら、まあ仕方ないかと、思わず苦笑を浮かべてしまう。

「ほな、行きますで」

茂松が安吉を促して、歩き出そうとした時であった。

一度閉めた本厨房の戸が、がらがらと音を立てて開いた。驚いて振り返った茂松は、そこに長門の姿を見た。

六

どうしてこういうことになったのかよく分からぬまま、安吉は長門と一緒に田丸外記と連れの待つ客間へ向かっていた。

初めに、自分を呼ぶ客がいると話した時は、まるで関心のない様子で「勝手にしい」と言っていた長門が、どういうわけか、くわしい話を聞こうという気まぐれを起こしたのだ。

「あんたがうちの菓子について、気の利いた説明ができるとは思えへん」

と、長門は茂松の話を一通り聞き終えるなり、言い出した。

「あてが行って話をしたる」

「えっ、長門さまが？」

茂松が仰天して目を剝《む》いた。安吉が一人で受け答えをするのも不安だが、長門が出向くのも、それはそれで不安だということらしい。

「何や。あてがうちの菓子についてで話ができひんとでも思うてるんか？」

長門から問いただされた茂松は、気の毒なことに震え上がり、

「とんでもないことでございます」

と、すぐさま答えた。

その結果、田丸外記のもとへは長門と安吉が出向くことになり、茂松は額の冷や汗を拭き拭き、二人の前を歩いて行く。

「茂松さん、部屋のすぐ近くにいてくれるんですよね」

念のため、安吉は茂松に近付き、こっそりと確認した。

「せやな。何かあったら、すぐ番頭はんに知らせんとあかんやろ」

と、茂松もこっそり答える。

やがて、茂松は客間の前までやって来ると、自らは脇へ退いた。代わって長門が前に出て、膝をつくと襖の向こうへ声をかけた。

「失礼いたします」

すると、中から「どうぞ」という落ち着いた女の声が聞こえてきた。

「この度は、わざわざのお運び、恐れ入ります。あては主《あるじ》、柚木九平治《ゆきくへいじ》の弟で長門と申します。安吉もこれに連れてまいりました」

長門の物言いは実に丁重で礼儀正しく、こんな物腰の長門を安吉は見たことがなかった。

ぽかんと口を開けていると、中の女客の勧めで長門が中へ入ったので、安吉も慌ててそれに続く。

「ご主人の弟はんがご丁寧にありがとうさんどす」

安吉の初めて見る尼僧が長門に目を向け、優しい声で言った。

傍らの田丸外記は、一年半ぶりであったが、安吉の目にはあまり変わっていない様子に見え、少し安心する。

「久しいな、安吉」

ようやく外記がおもむろに口を開いた。

「またお出でくださり、ありがとう存じます。わたしのこともお忘れなくお声をかけてくださって」

「忘れることがあるものか。おぬしには感謝している」

しみじみとした調子で外記は言った。

「こちらは江戸から来た尼君でな」

とだけ言って、外記は連れの尼を引き合わせた。

「慶信と申します」

尼僧が慎ましい様子で頭を下げる。

「安吉、おぬしは江戸から来たのであろう」

「へえ」

うなずきながら、安吉は改めて慶信尼を見つめた。口の利き方が京言葉なので、安吉とは逆に、京で生まれ江戸へ下ったのだろう。だが、慶信尼が外記の元妻かどうかは明かされなかった。

「今日は、外記さまのお好みのお菓子を、わたくしがお贈りしたいと思いまして」

と、慶信尼が言う。

「はあ。田丸さまのお好みの……？」

外記とは何度も顔を合わせたが、菓子の好みについて知っていることと言えば、最中の月があまり好きではないということくらいだ。どんな菓子が好きなのかは聞いていないし、好きでないと言いながら買って帰る菓子はいつも最中の月という不思議な客でもあった。

「この方に伺うても、よう分からへんようで。そのため連れ立って参ったんどすが、こないな用向きに応じていただけますやろか」

慶信尼は恐縮した様子で尋ねたが、

「何の問題もあらしまへん。お客さまのお好みのお品を、ご一緒にお探しすればよろしおすのやろ」

と、長門は滑らかな口ぶりで答えた。慶信尼の顔が和やかなものとなる。

「見本帖《みほんちょう》をお持ちして、そこからお選びになってもええどすし、お客さまのお好きなもの、お嫌いなものを聞きながら、あてらで絞っていってもかましまへん」

「ほう、さようなことまでしてもらえるのか」

外記が少し驚いた声を出し、それから長門と安吉を交互に見つめた。自分もその役割が期待されているのだろうと気づき、安吉は慌てて口を開いた。

「あ、あのう、わたしはそこまでのことはできないので、長門さまにお力になっていただこうと思いまして。お若いですけど、柚木家のお方ですから」

「果林堂のご主人が柚木家に入られたのは聞いていますが、長門殿は柚木家のお血筋の方なんどすな」

慶信尼が納得した表情になる。

「できるなら、そちらから問いかけていただき、この方が答えていくという形にしてもらえると助かります」

慶信尼の言葉に、長門はうなずいた。

「わたくしがこの方から聞きましたのは、餅菓子は好きやおへんという話だけどす」

と、初めに慶信尼が言う。「分かりました」と受けた長門は、目を外記へと向け、

「ちなみに、餅のどないなところがお好きやないんどすか」

と、尋ねた。「ふうむ」と考え込むような表情を浮かべた外記は、ややあってから、

「あの粘っこくて歯に付くところが、あまり好きではないのだろうな」

と、おもむろに答えた。

「ほな、餡はいかがどすやろ。鶉餅《うずらもち》や柏餅《かしわもち》などはあかんやろけど、饅頭《まんじゅう》や煉り切りのように、餅を使わへん菓子ならいけますか」

「餡の入った菓子は悪うないが、ねっとりしたものよりはさっぱりした方がよい」

どうやら、外記は口当たりにこだわる客らしい。長門の問いかけはさらに続いた。

「さっぱりしたものがお好きなら、葛はいかがどす」

「ふむ。夏に冷えた葛を食べるのは好ましい」

外記の口から、色よい返事が聞かれた。春も終わりの今ならば、数は少ないものの葛を使った菓子も出ている。

「うちでは、餡を葛でくるんだ菓子も出してますが、餡入りと餡無しならどちらがお好みどすやろ」

「葛の菓子であるなら、餡の無い方が好みじゃ」

餡が葛のひんやりした心地を損なうような気がするので、葛なら葛だけを食べる方が自分は好きだと、外記ははっきり言った。しかし、言い切った後で、我ながら不思議な心地がするらしく、

「かようなこと、いちいち考えてみたこともなかったのだがな」

と、首をかしげている。

「自分の好みを突き詰めはる人も、それをはっきり口にできる人も、実は少ないもんどす」

と、長門は外記に伝えた後、何やら考え込むように口を閉ざした。

「あの、長門さま」

ややあって、安吉は遠慮がちに声をかけた。長門が外記に問いかけをくり返した意図を察したのである。

（もちろん、初めから狙っていたわけでもないだろうけど……）

逸《はや》る心を必死になだめながら、安吉は続けた。

「田丸さまに、あのお菓子をお試しいただいては……？」

考え込んでいた長門が顔を上げ、安吉の方を見た。が、安吉の言葉に対する返事はなく、長門はそのまま目を外記の方へ向ける。

「お客さまのお好みには、葛菓子がよう合うと思います。分けても、葛饅頭や葛焼きやのうて、葛餅や葛切りなど餡を使わぬものがお好きやと分かりました」

「ほんまに、この方自身かて分からへん好みを探し当ててくださり、ありがとう存じます」

慶信尼が感に堪えないという様子で口を挟んだ。

「葛切りや葛餅は、今は置いてますのやろか」

「どちらもございます。せやけど」

と、長門は続けた。

「今、あてらは葛とは違うもんを使うて、淡泊な舌触りの菓子を作ってます。今、安吉が言いかけたんがそれどす。お客さまのお好みはその菓子に合うてるのやないかと、思いましたのやろ。あてもそない感じがしました」

不意に熱心に語り出した長門の口もとに、外記と慶信尼の目は吸い寄せられていた。

「せやけど、それはお客さまがこれまでに食べた菓子とはえろう違《ちご》うてると思います。せやさかい、下手をすれば、口に合わんと思わはるかもしれまへん」

「ほう、まったく新しい菓子ということか」

外記が興味を惹《ひ》かれたふうに呟いた。その様子を見た慶信尼は、

「外記さまがそれを食べてみたいと思わはるなら、わたくしはそれをお贈りしとう存じますが」

と、言い出したのだが、長門は慎重に首を横に振る。

「今、お話しした、まだ店にも出せへん菓子で、お代をいただくわけにはいきまへん」

「されど、ここまで話を聞かされ、お預けというのはあまりにひどい話であろう」

外記が不服そうに言った。

「せやさかい、葛切りと葛餅をお持ち帰り用に包ませてもらいます。そして、新しい菓子の方はこの場で召し上がって、お言葉だけでも頂戴できればと存じますが」

「ほう。それは面白い」

外記は快く承知した。

「ほな、あてらはいったん下がらせてもらいます」

挨拶して部屋を退く長門に、安吉も続いた。長門は控えていた茂松に、葛切りと葛餅を包んでおくよう手早く指示し、すぐに本厨房へと取って返す。

「いよいよ寒天菓子をお出しする時が来たんですね」

早足で先を行く長門の背に、安吉は懸命に声をかけた。料理に使われることはあっても、菓子の食材とは認められていない寒天を何とか菓子に仕立て上げること——それが、長門をはじめとする本厨房の職人たちの目標であった。

幾度も試作をくり返し、ようやくこれはというものが仕上がったのは数日前のことである。長門の父である隠居の宝山《ほうざん》、果林堂の主人九平治には味見をしてもらい、大筋はこれでよいというお墨付きをもらったばかりであった。

「細かいところはまだ詰めなあかんし、肝心の菓銘もまだ決まってへんけどな」

長門は前を向いたまま言った。声は冷静だが、安吉には長門が心を昂《たかぶ》らせているのが分かる。

「すぐに寒天菓子を二人分、用意するんや」

本厨房へ入るなり、長門は叫ぶように言った。

中には、職人の与一《よいち》と政太《せいた》、見習いの久松と十松《じゅうまつ》がいたが、皆、驚いている。

「作り置きがあるやろ。砂糖がええ感じになってるのをはよ選び。四日前のやとまだ早いか。五日前かその前あたりのもんがええやろ」

「へえ」

職人の中で最も年長の与一が弾かれたように応じ、作り置きの寒天菓子が置かれている台へと向かった。そこには薄茶色をした賽子《さいころ》形の菓子がいくつも置かれている。それらはいくつかにまとめられており、それぞれの前に日付を書き記した紙が貼られ、いつ作ったものか分かるようになっていた。

「盛り付けはどないなふうにいたしまひょ」

政太が長門に向かって訊いた。長門の考えの先を行く問いかけに、さすがは政太さんだと、安吉は傍で聞きながらほっと安心していた。

「せやな……」

長門は自らも悩んでいたところらしく、返事をしあぐねている。すると、

「もしよろしければ……」

と、政太は言い出した。

先日の桃の節句の際、果林堂でも菱餅《ひしもち》を作ったが、流し雛《びな》の風習にちなみ、得意先に餅を玩具の船にのせて届けたはずだ。その船がまだ残っているのではないか。あれに寒天菓子をのせて出したらどうだろう。

「急場しのぎどすが、ただ皿に盛り付けるだけより、見栄えもするのやおへんか」

「船か」

木材を船の形にくりぬいただけの単純なものだったが、公家などの上客の屋敷にはそれを使ったことを、長門も知っていた。

「よし、久松と十松は大厨房と店へそれぞれ行って、船の余りを持って来《き》い。あての指図やと言うのや、ええな」

と、長門は見習い二人に告げた。長門の名を出さないと、特別扱いをされている本厨房の面々に嫌がらせをする者がいないとも限らない。それを踏まえての言葉であった。

「へえ」

と、久松と十松が飛び出して行った。

その間、「これでどないどすやろ」と与一が選んだ寒天菓子を、さらに長門と政太で検《あらた》める。一辺が七分《しちぶ》（約二センチ）くらいの賽子形の菓子を二十個選び抜いたところへ、久松と十松が船形の器をいくつか持ち帰った。

船の容《い》れ物を二つ選んで紙を敷き、それぞれ十個ずつ、寒天菓子をのせる。それを一つの盆にのせ、長門の目配せにより安吉が持った。

「与一と政太も共に来い。お客さまにご挨拶させたる」

長門の言葉に、与一と政太の二人がいつになく声を昂らせて「へえ」と答えた。一年足らずの研鑽を重ね、ようやく完成に近付いた菓子を、初めて外の客に試食してもらうまたとない機会である。

やがて、四人は外記たちのいる客間へと戻った。茂松は部屋の外に控えていたが、すでに茶は運ばれていた。

「お邪魔とは存じますが、この菓子を共に作った職人を立ち会わせたく、連れてまいりました。よろしおすやろか」

長門が外記たちに尋ね、「無論」と快諾されると、与一と政太を引き合わせる。それから、船の器にのせた寒天菓子を長門が手ずから二人の前に置き、「どうぞ」と勧めた。

「表に何かがまぶされてますわね」

　慶信尼が薄茶の表面をじっと見つめて呟いた。

「いただくとしよう」

　外記が言い、二人はそれぞれ黒文字を手に取った。黒文字はすっと中へ差し込まれる。それから、外記は無造作に、慶信尼は左手を下に添えながら、菓子を口に運んだ。

　嚙むように口を動かしたのは、ほんの一回か二回きり。その時のしゃり、しゃりっという感覚をじっくり味わうように、慶信尼は目を閉じていた。餡のような粘っこさはなく、ひんやりとした舌触りは葛に似るが、簡単に崩れていく感じはまた異なる。

　外記は「ほう」と呟きを漏らしたものの、何も言わず、二つ目、三つ目の寒天菓子を続けざまに口へ運んだ。しゃりしゃりとした嚙み心地の後、表面にまぶされた甘い何かがざらざらとした舌触りを伝えてくる。それがまた、悪くない。いや、

「これは、癖になりそうな……」

　と、思わず呟いた外記の言葉に、安吉は破顔した。長門の表情は見えなかったが、傍らの与一と政太は互いに顔を見合わせ、よっしゃと言い出しそうな笑みを浮かべている。

（そりゃあ、そうさ。長門さまとこの二人が知恵と工夫を凝らして、作り上げた一品なんだからな）

　安吉自身も表面にまぶされた砂糖の加工に関わっている。使っているのは白砂糖だが、

決まるまでには黒砂糖、きび砂糖、唐三盆などなど、手に入るあらゆる品をすべて使って試したのだ。さらに、「粒を細かく小麦の粉くらいにしい」と長門が言うので、安吉と久松、十松の三人は朝から晩まで、すり鉢で砂糖を潰し続けた日もあった。

その結果、薄茶の色付けをされた寒天菓子の表面にさらさらした白砂糖がまぶされ、それを数日置いて、表面が硬くなり、しゃりしゃりした食感を得るのである。白砂糖は時を置いたのと、粒を細かくしたせいで、中の寒天が透けて見えるため、もともと透き通った寒天がまるで薄く煙ったような黄昏色《たそがれいろ》に仕上がるのだ。

一口大なので、そのまま口に入れてしまうと分からないが、黒文字で切ってもらえれば、きらきら光る寒天の断面を見てもらうことができる。それを見てもらえないのは残念だと思っていると、慶信尼がやがて、一つの菓子に黒文字を入れ、その断面の美しさに「まあ」と声を上げてくれた。

「おいしゅうございました」

やがて、二人は菓子を食べ終え、慶信尼は満足そうに言った。

「うむ。新しい菓子と聞いていたから、いかなるものかと思っていたが、まことに新しい味わいだった。これは、見事な品だと思う」

と、外記も言葉を添える。

「もったいないお言葉どす」

長門がそう答えて頭を下げ、安吉たちもそれに倣《なら》った。

「して、この菓子は何というのだ？」

最後に、外記が尋ねた。

「実は、まだ決まっておりません。味や形を調えることで、精一杯どしたさかい」

長門は淡々とした声で、正直に答えた。

「……そうどすか。ぜひ、すばらしい銘をつけていただきたいものどす」

慶信尼が願いのこもった声で言った。

「琥珀《こはく》か鼈甲《べっこう》のようにも見えましたけれど……」

続けて慶信尼が呟くと、

「わしは黄金《こがね》の塊と見えたがな」

と、外記が言葉を返す。

「宝の……船」

ふと、長門の口から呟きが漏れた。

「宝の船や。〈宝船《たからぶね》〉はどないやろ」

客を前にしていることも忘れた様子で、長門が声を昂らせた。

「船の器にのっているさかい、宝船どすな」

慶信尼が大いに納得した様子で言った。

船の器は急場しのぎに使ったものだが、宝船と聞けば、これ以上にふさわしい器も銘もないように、安吉には思える。そして、この菓子は果林堂にとっても長門にとっても本厨房の職人たちにとっても、宝と呼ぶにふさわしいものだ。

「宝船か……」

いつしか外記が腕組みをし、その名を呟いていた。室内の緊張がいやが上にも高まる。安吉がごくっと唾を飲み込むと、外記と目が合った。一瞬の後、

「よき名と思うぞ」

外記がしみじみした声で告げた。緊張はたちまちほどけ、その場は和やかな気配に満たされる。後ろを振り返った長門に、安吉たち三人は力強くうなずき返した。

第二話　西王母

一

慶信尼が江戸を発《た》ってひと月を経た二月半ば、大休庵ではいよいよ、上落合村へ居を移す日が迫ってきていた。二月の末日、了然尼となつめは大休庵を出る。

大休庵に住み込み、了然尼に長年仕えてきた正吉《まさきち》とお稲夫婦に対しては、

「この先もここに住まいたいなら、慶信尼殿にお仕えしてくれればええ」

と、了然尼は告げた。勤めを退きたければ、次の住まいや勤め先を世話したいと続ける了然尼に、

「そのことなら、わしらの望みはひとつです」

と、正吉はすぐに応じた。

「どうか、上落合村にお供させてくだせえ」

額を床に付けんばかりにして言う。正吉の傍らで、お稲も深々と頭を下げた。

「せやけど、上落合村はここより開けてへんし、寂しい思いをするかもしれまへんで」

了然尼が気遣うと、「何の」と正吉は言って顔を上げた。

「了然尼さまやなつめさまとお別れする以上に寂しいことが、わしらにありますものか」

「そうでございますとも。正直、なつめさまがこちらにお残りになるのであれば、あたしたちも頭を悩ませていたかもしれません。が、お二人ともお移りになるなら、悩むことなんて」

と、お稲は大きく頭を振る。

「まあ、了然尼さまはともかく、私のことまで気にかけてくれたのですか」

了然尼の傍らに寄り添っていたなつめは、驚きとありがたさを胸に訊《き》き返した。

「当たり前でございます。照月堂へお通いになるなら、やはりここからでしょうし、なつめさまはその道を選ばれるのではないかと思ってもいたのですが」

お稲が少し気がかりそうな眼差《まなざ》しを向けてきたが、なつめは「そのことはもういいの」と、朗らかに笑い返した。

「菓子作りの道をあきらめたわけではないけれど、照月堂さんでのお仕事はひとまず終わり。もちろん、これからもお世話になることはあるでしょうし、私でできることがあればお手伝いするつもりだけれど」

なつめが口を閉ざすと、正吉は改めて了然尼に真剣な目を向け、

「わしらをお供させてもらえますでしょうか」

と、尋ねた。

「正吉はんとお稲はんがそない言うてくれるなら、わたくしに否やはおへん」

了然尼の言葉に、正吉とお稲は目を潤ませながら、互いに喜び合った。

「では、皆そろって引っ越しですね」

なつめの言葉に、正吉たちが笑顔でうなずき返した後、

「その前に、なつめはんは照月堂はんへ挨拶に行かはるのやろ」

と、了然尼が尋ねた。

「はい。暮れにご挨拶して以来ですから、一度伺おうと思います」

ほんのひと月半、離れていただけというのに、照月堂の人々の顔が懐かしく思い出され、厨房《ちゅうぼう》の匂いが急に恋しくなってきた。一両日のうちには行こうと、なつめは決めた。


翌々日の昼過ぎ、なつめは久しぶりに照月堂へ向かった。昼過ぎならば、子供たちも寺子屋から帰って来ているだろう。

これまで幾度も通った道だが、朝方の忙《せわ》しなさと違って、昼間の往来はのんびりしている。急ぐ様子もなく買い物に向かう人や、道端で立ち話に興じる人、子供たちの姿もある。

そんな通りを、なつめはいつもよりゆっくりと進んだ。やがて照月堂に到着し、庭の枝《し》折戸《おりど》をくぐると、井戸端で水洗いをしている郁太郎の姿が真っ先に目に飛び込んできた。

「郁太郎坊ちゃん!」

なつめが声をかけると、郁太郎が「なつめお姉さん」と歓声を上げた。

初めは、おまさの手伝いをしているのかと思ったが、郁太郎が洗っているのはどうやら厨房で使われたもののようである。

「それは、お店の道具類ね」

と、尋ねると、郁太郎は心持ち胸を張って「はい」と答えた。

「坊ちゃんはもう厨房に出入りしているの?」

「はい、毎日じゃないけど」

郁太郎は寺子屋から帰宅の後、厨房へ入る許しを得たそうで、その際は洗い物を手伝っているという。修業に入る前に、まずは久兵衛の仕事ぶりを見て学べということらしい。

「まあ、もうそんなことを……」

と、なつめは驚きの声を上げたが、

「おいら、もう十歳になったんだよ」

と、郁太郎は言い返した。いつも大人びた物言いをする郁太郎の言い方が、この時は妙に子供っぽく聞こえ、なつめは笑みを浮かべた。

その時、厨房の戸が開いて、

「あっ、なつめお姉さん」

と、三太が姿を現した。次の洗い物と思《おぼ》しき桶《おけ》を抱えている。

「あら、三ちゃん。ご無沙汰《ぶさた》です」

「やあ、いつ来てくれるかって、皆、首を長くして待ってたんですよ。よかったですね、郁坊ちゃん」

　三太が郁太郎の顔をのぞき込むようにしながら微笑《ほほえ》んでいる。

「あ、じゃあ、これは俺がやっときますから、旦那さんに話して、今日はもう郁坊ちゃんは厨房を上がったらいいですよ」

　と、三太は気を利かせて言ったが、

「いいよ。これはおいらがやります」

　と、郁太郎は自分が持ち出していた分の洗い物を、手で覆うようにする。三太は苦笑を浮かべて「分かりました」とうなずいた後、

「ちょっと、俺、旦那さんに知らせてきますね」

　と、厨房に引き返して行った。

　郁太郎は再び洗い物の続きを始めた。以前より手つきがずっと慣れているし、何より仕事ぶりが丁寧である。

「郁太郎坊ちゃん、上手になりましたね」

　なつめが言うと、郁太郎はつと手を止めて、はにかむように微笑んだ。やがて、慌ただしく三太が戻って来て、

「郁坊ちゃんはその洗い物が終わったら、仕舞屋《しもたや》の方へ戻れって、旦那さんが言ってまし

たよ」

　と伝えたのを機に、「私は先に、おかみさんたちにご挨拶《あいさつ》してますね」と、なつめは仕舞屋へ向かった。

　玄関口で声をかけると、「はあい」とおまさの声が応じた。それから、おまさとおその、亀次郎と富吉が賑《にぎ》やかに現れる。

「なつめちゃん、来るのが遅いよ」

　と、亀次郎が口を尖《とが》らせた。富吉はにこにこしつつも、亀次郎の言う通りだと首を何度も縦に振ってみせる。

「よかったわ。なつめさんに訊きたいことがあってね。大休庵にお便りしようかと思っていたところだったのよ」

　と、おまさが言うので、何だろうと気になったが、居間へ通された後は、亀次郎と富吉にまとわりつかれてしまった。

　いったん台所へ行ったおまさが、麦湯を持ってやって来たのを機に、「ほら、二人とも」とおそのが子供たちを急《せ》き立てるように言う。

「なつめさんにお見せしたい絵や手習いの書がありましたよね。ぜんぶは無理だから、上手にできたのを選びに行きましょうか」

　巧みに子供たちの気をそらしたおそのは、おまさに目配せし、子供たちと一緒に部屋を出て行った。ようやく静かになったところで、

「訊きたいのは、なつめさんたちの引っ越しのことなのよ」

と、おまさは切り出した。

「日取りはもう決まったのかしら」

「はい。今月の末日となりました」

「そろってお手伝いに行きたいところなんだけど、店もあるし、子供たちもいるでしょ。だから、せめておそのさんに出向いてもらおうかと思っているのよ。おそのさんも喜んでと言っているし、どうかしら」

と、おまさは言う。

「ありがたいお話です」

働き者のおそのが来てくれれば、了然尼や正吉夫婦も助かるだろうと思いながら、なつめは答えた。

「それとね、大休庵の庭木はどうなさるのか、お訊きしたかったんだけれど」

「庭木はそのままにしておくつもりです」

「なら、棗《なつめ》の木も残していくのね」

「はい。残念ですけれど、移し替えは大ごとですし、下手なことをして枯らしてしまってもいけませんから」

なつめが答えると、「それなら、話は早いわ」と、おまさは独り言のように言った。

「何のお話ですか」

「実はね。なつめさんは棗の木と離れがたく思ってるんじゃないかと、勝手に気を回してたのよ」

　と、おまさはにんまり笑って言う。

「確かにおっしゃる通りですが」

「大休庵の木を持ち運ばないのであれば、新しい棗の木をご新居の庭に植えるのはどうかしら。そのことを、ぜひ了然尼さまにご相談の上、お返事してほしいの」

「新しく棗の木を植えられたら、とは私も願っていました。でも、どうして――」

「もしよかったら、新しい棗の木をお贈りできないかと思って」

「え、棗の木を？」

　驚くなつめの様子に満足そうな笑みを浮かべながら、おまさは大きくうなずいた。

「ええ。苗木でもいいけれど、実がなるまでにしばらくかかるんでしょ。なら、もう少し育った木を手に入れられないかと探してもらっていたの。そうしたら、ちょうどいいのが見つかって……」

　本当は突然贈って驚かせたいところだが、庭木なのでそうもいかない。そこで、事前に相談したかったのだと、おまさは言った。

「移し替えるのは大変らしいけど、ちゃんとした人に頼んであるから心配要《い》らないわ」

「それって、もしかして……」

「そう。植木屋の健三《けんぞう》さんよ」

と、おまさはにこにこしながら言った。

かつて、照月堂と氷川屋が菓子の競い合いをした席で、判定役を務めて以来、照月堂との付き合いがある植木屋である。菓子好きで、よく照月堂の菓子を買ってくれる客でもあった。

「それでね、できれば引っ越しに間に合わせたくて。了然尼さまのお許しが出たら、すぐに知らせてほしいのよ」

「お心遣い痛み入ります。決まり次第すぐにお知らせいたします」

と、なつめが言ったところで、玄関の戸の音が聞こえ、郁太郎が現れた。

「厨房はもういいから、なつめお姉さんのとこへ行けって、お父つぁんが……」

郁太郎の言葉にうなずき返したおまさは、郁太郎が厨房の手伝いを始めたことを誇らしげに語った。

「これからが楽しみですね。旦那さんもおかみさんも」

その時、二階の部屋から、亀次郎と富吉が画紙や半紙の束を手に戻って来た。

「大変だろうけど、相手をしてやって」

苦笑を浮かべながら告げるおまさに、なつめは「喜んで」とにこやかに答えた。

二

それから半月が瞬《また》く間に過ぎ、いよいよ大休庵から上落合村の寺の庫裏《くり》へ移る日がやって来た。

(これまで、本当にありがとうございました)

今後も元気に実をつけてほしいと願いつつ、なつめは大休庵の棗の木に手を合わせた。自らの名の由来となったこの木を亡き父母に見立てて語りかけ、見守られながら日々を過ごしてきた。

(これからは、新しいお寺の境内に植えられる二代目の木に、手を合わせることにいたしますね)

おまさからの依頼について、了然尼に話したところ、もったいない志やとすぐに快諾してくれた。おまさに便りで知らせると、引っ越しのちょうど当日、上落合へ健三が棗の木を持ち運び、植えてくれるという。おそのも健三と一緒に出向き、あちらの片付けを手伝ってくれることになっていた。

「ほな、先に行ってますさかいな」

引っ越しの荷が手伝いに来た信者たちの手で荷車に積み終えられると、了然尼は一足先に駕籠《かご》で出立した。

なつめとお稲は荷車と共にゆっくり進む。大休庵を受け継ぐ慶信尼がまだ京から戻っていないため、それまでは正吉が残ることになっていた。

「それじゃ、正吉さん。慶信尼さまがおいでになるまで、よろしく頼みます」

なつめの言葉に、「お任せくだせえ」と正吉は返事をした。

「それより、俺が行くまで、了然尼さまとなつめさまにご不便をおかけするんじゃねえぞ」

と、お稲に向かって言う。

「言われるまでもありませんよ」

お稲が口を尖らせて言い返し、なつめとお稲は正吉にしばらくの別れを告げた。

「なつめさまも駕籠で行かれればよろしかったでしょうに」

連れ立って歩きながら、お稲はなつめに言ったが、新しい住まいまで一歩ずつ自分の足で進むのは、どことなく気持ちが弾む。

「こんなに気持ちよく晴れた日に、駕籠を使うなんてもったいないわ」

と、なつめは言葉を返した。

ちょうど桜や桃の花が見頃で、家々の庭から顔をのぞかせる花木の枝もあれば、道端に咲く草花が目を引くこともある。土筆《つくし》や蓬《よもぎ》を見つけ、今日でなければ摘んで行くのに……と、お稲と一緒に笑い合いながら歩を進めた。

屈強の男たちが荷車を牽《ひ》いてくれたこともあり、なつめたちは昼頃には上落合村の寺地へ到着した。

「やあ、なつめさん。ご無沙汰《ぶさた》してます」

と、真っ先に出迎えてくれたのは、植木屋の健三だった。すでに一仕事終えたようなさわやかな顔つきで、聞けば、了然尼との挨拶などとっくに済ませ、棗の木を植える場所を相談し、植え付けまで終えてしまったという。

「今日は何でもお申しつけください。おかみさんの分まで働きますから」

と、続けて現れたおそのも、すっかり物慣れた様子で気合い十分であった。

「おそのさん、今日はお世話になります」

と、ひとまず一緒にいたお稲を引き合わせ、なつめは急いで庫裏へと向かった。

了然尼はすでに掃除の行き届いた座敷に、医者の松下亭秋と一緒にいた。

「松下先生もお越しくださったのですね。今日はお世話になります」

なつめは頭を下げた。亭秋は昨年了然尼が倒れて以来、ずっとその治療をしてきた医者であると同時に、黄檗宗《おうばくしゅう》の信者でもあった。今日の引っ越しは、信者の人々が手伝ってくれていたのだが、亭秋もその一人に入っていたようだ。

「私は主に、了然尼さまが無理をなさらぬよう、その見張り役でしかありませんが」

亭秋は穏やかな微笑を湛《たた》えながら言う。

「それが、いちばん大事なお仕事でございます」

なつめも微笑みながら言葉を返すと、

「これは、厳しい見張り役が二人になりましたな」

と、了然尼は亭秋となつめを交互に見ながら言う。それから、健三とおそののことに触れ、

「二人ともほんまにようしてくれはって。お二人をよこしてくれはった照月堂はんに感謝せんと」

と、続けた。

「健三さんはもう棗の木を植えたとおっしゃっていましたが、少しだけ見て来てもよろしいでしょうか」

了然尼への挨拶を終えると、なつめは訊いた。「どうぞ」という了然尼の返事を受け、再び外へと引き返す。まだ外にいた健三を見つけると、

「棗の木を見せていただこうと思いまして」

と、声をかけた。

「へえ。ぜひご覧くだせえ」

健三は「こっちです」と先に立ち、庫裏の裏手に当たる北側の土地へ回った。境内の北東に当たる一角に、大きな木が植わっており、紅色の花をつけているのがまず目に入ってきた。

「あら、あれは桃の花かしら」

さわやかな甘い花の香が風に乗って届けられる。

「へえ。そこそこ古いもんですね。本堂の位置を決める際、ちょうどあの木の辺りにしようという案があったんだそうですが、了然尼さまが何とか残せないものかと皆さんに掛け合ったと聞きました」

「そうでしたか。了然尼さまがそのお話を――？」

「へえ。ついさっき」

棗の木はその桃の木の傍らに、まるで桃の木の妹のように寄り添って植えられている。

「これが、健三さんが植えてくださった棗ですね」

そう言いながら、なつめが木に駆け寄ると、

「照月堂さんからの贈りものでごぜえやす」

と、健三が生真面目《きまじめ》な口ぶりで言い直した。

「ええ。照月堂の皆さんが了然尼さまと私のために――。ありがたいことです」

なつめは新たな友ができたような喜びを胸に、棗の木に手を合わせた。

「この木は今年から実をつけるかしら？」

大休庵のものよりやや小ぶりな棗の木を見つめながら問うと、

「たぶん、つけるでしょう。去年もつけてますし」

ただ、植え替えをしたため、確信は持てないと言った健三は、

「時々、様子を見に来させてもらいますんで」

と、続けた。

「でも、健三さんのお宅は駒込ですよね。ここは遠いですのに」

「あっしらの仕事はあちこちへ行きますから、こっちに仕事があった時にってことで、お気になさらず。ただ、急に伺うようなことになるかもしれませんが」

「それは、いっこうにかまいません。ありがとう存じます」

　なつめは改めて頭を下げた。

「ところで、こちらはこれから境内の中を整えていかれるんでしょ。庭木のことでご相談があれば、ぜひあっしのこともお忘れなく」

「分かりました。もちろん、了然尼さまにも同じように申し上げたのですよね」

「へえ、そこは抜かりなく」

　律儀だが、要領のよいところもある健三は、にっと笑ってみせた。

「それにしても、この桃の木は立派ですね。残したいという了然尼さまのお気持ちがよく分かります」

　なつめは傍らの桃の木を見上げながら言った。

　ちょうど花盛りで、ところどころにまだ丸い蕾《つぼみ》もある。そのまま簪《かんざし》にしたら、さぞや愛らしかろうと思える枝ぶりも見られた。

「実もちゃんとなるそうですぜ」

　と、健三は言い添える。

「あら、じゃあ、食べられるのかしら」

「そうですな。柿みたいに渋があるわけじゃねえから、食べられねえってことはねえでしようが、うまいかどうかは分かりませんな」

と、健三は言う。甘くて瑞々《みずみず》しい実をつけさせるためには、しかるべき親木《おやき》の種から生えた木を手塩にかけて育てることが必要で、野生に育った木では難しいらしい。

「この木は今まで手入れされてこなかったのかしら」

「さあ、そこまでは聞いてませんが」

健三は首をかしげている。そこへ、

「なつめさんに健三さん。やっぱりこちらでしたか」

と言いながら、おそのが現れた。

「一息吐《つ》いたら、握り飯のご用意があるので、皆さん、召し上がってくださいとのことです。健三さんもどうぞ、と了然尼さまが」

「いや、俺は木を植えたら失礼するつもりだったんですが」

「でも、了然尼さまがぜひにとおっしゃっていましたよ」

おそのの言葉に続き、「ぜひご一緒に」となつめも勧めた。

「なら、次の仕事までにはまだ間《ま》があるから、俺も少し手伝わせてもらいますよ。中の片付けで役に立てないようなら、庭の土の具合でも見させてもらいますんで」

と、自分を納得させる理由を見つけ、健三は機嫌よく庫裏の入口へ向けて歩き出した。

それを見澄まして、

「あのう、なつめさん」

と、なつめを呼び止めたおそのは、健三との距離が少し空くのを待ってから、

「お医者さまの松下先生に、先ほど了然尼さまが引き合わせてくださったんですけれど」

と、何やら深刻そうな調子で切り出した。

「はい」

もしや医者に相談したいことでもあるのだろうかと、なつめは神妙な表情を浮かべた。

「あの方、なつめさんの……そのう、何ていうか、いい人、あ、こんな言い方は失礼ですね。その、許婚《いいなずけ》とか、そういうお方なんでしょうか」

「松下先生が、ですか？」

なつめは目を見開き、「とんでもない」と頭を振った。

「先生とお会いしたのは去年の秋のことですし、黄檗宗の信者の方で、了然尼さまを診てくださるお医者さまというだけの間柄です」

「そうでしたか」

なつめの返事に、おそのはほっと安心した様子で一息吐いた。

「去年、お会いになったばかりなら、あの子の方が先手ですよね」

と、小さな声で呟《つぶや》いている。

「何のお話ですか？」

なつめが訊き返すと、「いいえ、何でもありません」と、おそのはにこやかな笑顔でご

まかした。

「さあ、私たちも参りましょう」

急に上機嫌になったおそのの様子に首をかしげながら、なつめはこれから暮らす庫裏へと向かった。

三

上落合村へ引っ越した翌日に三月を迎え、新しい住まいで慌ただしく過ごすうち、あっという間に半月以上が過ぎ、桃の花もすっかり散ってしまった。

その頃には、ようやく暮らしにも慣れてきて、心配された了然尼の体調も良好だったので、三月下旬になると、なつめは棗の木の礼に照月堂へ出向くことにした。

了然尼は照月堂宛《あ》てに礼状を送っていたが、自分が挨拶に行けぬ代わりに、御礼の品を届けてほしいと言う。

「お子たちは絵が巧みと聞きましたが」

という了然尼の言葉に、なつめはうなずいた。絵を得意とするのは亀次郎だが、郁太郎も好きなはずだ。富吉が絵を描くのを見たことはないが、将来菓子職人を目指すのであれば、その機会も出てくるだろう。上手い下手はともかくとして、自分の頭に思い描いた菓子の形を紙に写し取る力は必要なはずであった。

そんななつめの話を聞いた了然尼は、「ほな、手習いの紙と筆に加え、画紙と絵筆ということでどないやろ」と提案し、なつめも賛成した。そして、三人分の品が調《ととの》うと、なつめは照月堂へと向かった。

「その節は、本当にありがとうございました」

まずは、おまさに礼を述べて、子供たちへの贈りものを渡した。

「あらまあ、あたしたちにはもったいないような御礼状をすでにいただきましたのに」

おまさは恐縮したが、子供たちは歓声を上げた。

「なつめちゃん、ありがとう！」

と、飛び上がらんばかりの亀次郎に、これはなつめが一緒に暮らす了然尼からだと、おまさが説き聞かせた。了然尼を知らぬ亀次郎と富吉には、あまりしっくり来なかったようだが、面識のある郁太郎だけは違っていて、

「了然尼さまに、ありがとうございますって、きっと伝えてください」

と、力のこもった言葉を返した。

「おいら、この画紙をお菓子の絵でいっぱいにします」

久兵衛の仕事ぶりを見学している郁太郎の、菓子職人になるという気構えは日に日に確かなものに育っているようであった。

やがて、仕事を終えた久兵衛が厨房から上がって来ると、改めてなつめは礼を述べた。

「いや、そのくらいの世話をさせてもらうのは当たり前だ。かえって了然尼さまにお気を

遣わせてしまって申し訳ねえ」

と、久兵衛はしかつめらしく言う。

「棗の木はその後、無事に根付いたんだろうな」

「はい、元気です。折を見て、健三さんも様子を見に来てくれるということですし」

「ああ。うちへ来る度、おまさ相手にあっちの棗の木は大丈夫だろうかと、口にしてるそうだ。まるで子供を奉公に出した親みてえだな」

と、植木屋健三の消息を伝えて、久兵衛は苦笑いした。

そうするうち、店を閉める時刻となり、ややあってから番頭の太助と文太夫が現れた。前に訪ねた時、この二人には会えなかったので、久しぶりの対面となる。

「これは、なつめさん。お久しぶり」

一日の仕事を終え、さすがに疲労の色を漂わせていた太助の顔に、和やかな笑みが浮かぶのを見ると、なつめも嬉《うれ》しくなる。商いも順調ということであった。

なつめが通されていた居間は、それまで人が出たり入ったりしていたのだが、この時、久兵衛となつめ、太助と文太夫の四人だけとなった。すると、菓子や商いのことについて、あれこれ相談し合っていた頃が懐かしく思い出されてくる。

「何やら、時が戻ったように感じられますな」

太助が言うと、何となくしんみりした気分が皆の心を支配したようであった。

「まだわずかしか経《た》ってねえってのにな」

と、久兵衛が呟いた。それから、気分を一新しようとするかのように、

「そういや、今お前が暮らしてるとこには、大きな桃の木が生えてるんだってな」

と、声を張った。なつめはうなずいた、

「はい。実がなるそうですので、食べられそうならこちらにもお持ちしたいのですが」

「菓子職人なら、ただ食べるだけじゃなくて、菓子に使えねえかどうか考えてみろ」

と、久兵衛はすかさず言う。

「菓子に、ですか」

実がなってもおいしいとは限らないと言っていた健三の言葉が、今の久兵衛の言葉と折り重なってよみがえる。

「はい。ぜひ考えてみたいと思います」

なつめは新しい目標を胸に、明るく返事をした。すると、

「とはいえ、桃の菓子ってのはうちの店にもないな」

と、久兵衛は太助に目を向けた。

「桃は他の果物に比べ、足が早いですからな」

と、太助がうなずき返す。聞けば、桃の菓子については、先代の市兵衛もかつて職人だった太助も、そして久兵衛もあれこれ考えたが、ついに店に出せる菓子には仕上げられなかった果物だという。

「そんな果物を、私に菓子にしてみろとおっしゃったんですか」

なつめはあきれて言葉を返したが、

「旦那さんはなつめさんに期待してるってことですよ」

と、太助が楽しげに口を挟んだ。

「どうだ、文太夫。お前は職人じゃねえが、前には菓子作りの案を出したこともある。桃と聞いて、何か思いつくことがあったら、なつめに話してやれ」

その時、それまで黙っていた文太夫に、久兵衛が突然、矛先を向けた。文太夫はさしてたじろぐ様子も見せず、

「桃といえば、能にもございます『西王母《せいおうぼ》』のお話でしょうか」

と、言い出した。くわしく聞かせてくれと頼む久兵衛に、

「西王母とは、支那《しな》に古くから伝わる仙女《せんにょ》の名でございます」

と、文太夫はまず告げた。支那の西方に位置する崑崙山《こんろんさん》に住み、不老不死の仙桃《せんとう》を持つという。西王母の伝説はいくつかあるが、

「謡曲においては、周《しゅう》の穆王《ぼくおう》という方のもとに現れます」

と、前置きしてから、文太夫は謡曲の「西王母」について筋を語った。

ある時、穆王のもとに、桃の枝を持った若い女が現れる。女は「三千年に一度しか咲かない桃の枝に花が咲いたのは、帝王の威徳によるものだ」と言って、王を称《たた》えた。女は西王母であることを打ち明けると、実がなったらまた来ようと約束して去る。

その後、西王母は本来の仙女の姿で現れ、王に桃の実を捧《ささ》げて舞を舞った――。

「私ならば、この仙女の名を持つ桃の菓子があったらよいと存じますが……」

と、最後に付け加えて、文太夫は口を閉ざした。

「ふうむ」

と、久兵衛が唸《うな》った。

（西王母の銘を持つ菓子……）

不老不死の実を持つ仙女の名を持つとなれば、名前負けしないだけのものでなければならない。それだけで、相当な重圧となるはずだが、なつめが面白いと思ったように、いや、それ以上に久兵衛は西王母の話と桃の菓子に興味を持ったようであった。

（私もあきらめずに考えてみよう）

そう胸に刻んだ時、「不老不死」の話を前にも聞いたことがあったと思い出した。

「旦那さん、橘《たちばな》の実は最初のお菓子とされていますが、あれは支那へ不老不死の薬を探しに行った田道間守命《たじまもりのみこと》さんのお話から来たのですよね」

なつめが問うと、「そうだ」と久兵衛はうなずいた。

「不老不死にまつわる伝承はいくつもあるんだろうな」

久兵衛から目を向けられ、文太夫は「さようでございます」とうなずいた。

「『竹取物語』では、不死の薬を富士の山で焚《た》いたとあります。また、秦の始皇帝《しこうてい》の命を受けた徐福《じょふく》は田道間守命さんとは逆に、支那から我が国へ渡って来たと伝わります」

橘の実を使ったわけではないが、つい先だって匂い袋の形をした〈袖《そで》のたちばな〉を作ったばかりである。橘の実はそのままでは食べられないが、いつかはそれを使った菓子に取り組んでみたい。

（でも、まずは桃の実のお菓子から考えてみよう）

なつめは庫裏の近くに立つ桃の木を思い浮かべながら、そう思った。

四

四月になると、京から戻った慶信尼が大休庵への引っ越しを終えた。それを機に、正吉も上落合村へ移って来て、再び四人の暮らしが穏やかに始まった。慶信尼も早く上落合村へ挨拶に行きたいと言っているそうだが、大休庵が落ち着くにはまだ少しかかるという。

新しい寺の用地に立つ桃の木は順調に青い実をつけ、しっかり育っていた。傍らの棗の木もすっかり新しい土地に馴染《なじ》んだようで、四月の初めに様子を見に来た健三はこの調子ならもう大丈夫だろうと言っている。

本堂の建設もいよいよ始まり、大工たちが毎日のように寺の用地に出入りし始めた。それに合わせて、信者たちの出入りも多くなり、中には子連れの者もいる。信者の子供たちと上落合村の子供たちがいつの間にか仲良くなり、村の子供たちも庫裏の近くまでやって来るようになった。

なつめは顔見知りになった子供たちのために文字を教えたり、手作りの餅《もち》菓子や饅頭《まんじゅう》を振る舞ったりすることもある。

　そうするうちに時は過ぎ、やがて夏の盛りになった。炎天下で働く大工たちの苦労は、その大粒の汗と日焼けした肌に明らかである。

（少しでも、大工さんたちの力になれれば――）

　麦湯を冷たくして運ぶのは無論、時には酢醤油《すじょうゆ》で食べる心太《ところてん》を振る舞ったり、冷えた瓜《うり》を用意したり、なつめは心を砕いた。心太はなかなか好評だったので、ある時、葛切《くずき》りに黒蜜を添えて出してみると、これも喜んでもらえた。餅や饅頭を出すこともあったが、暑い夏はやはり心太や葛切りの受けがいい。

「お嬢さんは菓子作りが上手なんだねえ」

　と、顔馴染《なじ》みになった大工たちに言われ、なつめも張り切っていた。が、ある時、一人の若い大工から、

「実は、俺、甘いものがちょっと苦手でね」

　と、言われてしまった。

「いや、お嬢さんの作ってくれたものが駄目ってわけじゃないんだよ」

　盛んに申し訳ないと頭を下げられたが、今後、黒蜜の葛切りは遠慮したいという。

「酢醤油の心太はありがたくいただくけどさ」

「もしかして、皆さん、黒蜜より酢醤油の方がお好みなのでしょうか」

　と、なつめは尋ねてみた。そういえば、大工たちの好みを尋ねたことはなかったと気づ

いたのである。

「いや、そういうわけじゃねえよ」

若い大工は慌てて首を横に振った。

「体を使った後は、甘いものが欲しくなるって連中はけっこういるし。ただ、俺は辛《から》いつまみに酒の口でね」

「辛いつまみにお酒、ですか」

ここで働く宮大工たちは、いかにも職人気質の無口で実直な者が多いが、皆、気が優しい。彼らが快く仕事ができるように、力になれればと思う。

その後、なつめは葛切りを出す時には、心太も一緒に添えるようにした。好みを訊いて回ってみると、甘いものが好きでないと言う者が数人いたが、酢醬油などの酸っぱいものが苦手と言う者はいなかった。

それから数日後、了然尼を診にやって来た医者の松下亭秋に、なつめはこの話をした。

「大工さんたちは体を酷使しますから、疲れを取るために、酸っぱいものは体が欲しがるのでしょう。しかし、炎天下での仕事をする際は、甘みと塩の両方を摂る必要があります。甘いものも体にいいのですよ」

と、亭秋は言った。

「甘いものを嫌って、口にしたがらない大工さんもいるようですが、大丈夫でしょうか」

酒好きの大工のことを思い出して、なつめが訊き返すと、

「必要になれば体が欲するので、そこまで気を遣わなくてもいいでしょう」

亭秋は笑いながら答えた。

「酒を飲む人ならば、体に必要な甘みは摂っているでしょうしね」

「お酒は甘いものなのですか」

「甘いと感じないかもしれませんが、酒の原料は水飴《みずあめ》と同じですから」

「あ、どちらもお米ですものね」

なつめの言葉に、亭秋は微笑みながら「その通りです」と応じた。

「先生のお話はためになります」

と、なつめは一度は笑顔になったものの、再び思案顔になった。

「桃が実ったらお菓子を作りたいと考えていて……」

なつめは照月堂で聞いた西王母の話を伝え、

「西王母の桃とまではいかなくとも、大工さんたちの体にいいものを作りたいと思っていたのですが」

と、続けた。

「植木屋の健三さんによれば、甘みが少ないかもしれないとのことでしたので、私は果実をさらに甘くすることばかり考えていました。それが大工さんたちの疲れを取ると思い込んでいましたので」

しかし、甘いものを好まない酒飲みたちには、桃をどんなふうに調理すれば喜んでもらえるのだろう。

「お力を落とされぬよう。大人の男でも、甘いものを好む人は少なくありませんよ。私は酒はたしなみませんので、甘い桃のお菓子を食べてみたいと思いますし」

亭秋は優しく言った。その誠実な物言いも、なつめを励まそうという思いやりも、胸に沁《し》みる心地がする。

「ありがとう存じます、先生」

なつめは頭を下げた。

「先生に喜んでいただけるものを作れるよう、頑張ります」

「楽しみにしています」

明るい表情になったなつめに、亭秋は小さくうなずきながら、

「でも、甘いものが苦手な大工さんたちに喜んでもらえる工夫も、考えるつもりなのでしょう?」

と、訊いた。

「はい、もちろんです。お分かりになりますか」

「お顔にそう書いてありますから。私で力になれることがあれば、何でもおっしゃってください」

亭秋の言葉を嬉しく聞きながらも、「お忙しいでしょうに、ご迷惑ではありませんか」と尋ねたなつめに、

「人の体を元気にすることならば、ぜひお力になりたいのです」

と、答える亭秋の目には真摯《しんし》な光がある。まったく違う道を歩んでいると思う人と、最後に目指すところが同じであるということに、なつめは目を開かされた思いで、素直に「はい」と答えていた。

やがて、夏も後半に差しかかった頃、庫裏の近くに立つ桃の木の実は熟し始めた。淡黄色から紅色へと実は色づいていき、表面に紅色が多くなったものから、収穫していった。実をもいでくれたのは、遊びに来る近所の男の子たちである。

ちょうど照月堂の子供たちと同じくらいの年頃で、郁太郎たちは元気にしているだろうかと、なつめは思いを馳《は》せた。桃の実を届ける約束をしていたから、もう少し収穫の数が増えたら、照月堂へ出向くつもりである。だが、その前に桃を使った菓子を一つでも試作できれば、と思わぬわけでもない。

まずは、桃の実をそのまま試してみようと、なつめは皮を剝《む》いた。皮の奥から現れたのは淡黄色の実である。

黒文字《くろもじ》を添えて皿に盛り、なつめは子供たちと一緒に食べた。甘酸っぱい香りが漂ってきたが、一口かじると甘みはほとんどなく、むしろ酸っぱいと言った方がぴったりである。

「どう、おいしい？」

訊かれれば、子供たちはうんとうなずくのだが、その顔には笑みが浮かんでもいなければ、もっともっとと欲しがることもない。

なつめがこれまでに食べた桃は、京で母が食べさせてくれたのも、了然尼のもとに知り合いが届けてくれたのも、甘みがあった。しかし、それはしかるべき武家や尊敬される出家者だからこそ、手に入れられる味わいだったのだ。

なつめはこの子供たちをまずは笑顔にしたいと思い、それから桃の菓子作りに取り組み始めた。

（棗や梅の実は、蜜漬けにして食べるけれど……）

まず、頭に浮かんだのは他の果実の使い方であった。しかし、日持ちがよく、蜜に漬ければ長く食べられるそれらと違い、桃は足が早いから難しいだろう。

（それなら、蜜で煮込んで、早く甘みを染み込ませてしまえばいいのではないかしら）

蜜付けではなく、蜜煮。

水飴や甘ずらなど、甘味の種類もいくつか、分量を変えつつ試してみることにする。

まず、桃の実をきれいに洗ったなつめは、ここで皮を剝くべきか、そのまま使うべきか、少し迷った。皮の表面はざらざらしており、このまま蜜煮することはできない。そこで、水の中で表面が滑らかになるまで、優しくこすった皮ありの実と、皮なしの実をそれぞれ用意した。

どちらの実も半分に割ってから、種を取り除いておく。

それから、少量の湯を沸かして蜜を溶かし入れ、そこへ実を浸して、弱火でじっくりと煮込んだ。皮ありの方は蜜煮の途中で皮を剝く。箸《はし》でつるりと剝けるので、初めに皮を剝いておくより手間が省ける。

さらに、それぞれの鍋の蜜を比べてみると、皮ごと煮た方がほんのりと色づいていた。

（この色は、皮が出しているんだわ）

皮を入れることで、味に苦みが出てはいけないので、それぞれの蜜を味見してみたが、特に違いはないようである。

火を止めた後は、そのままの状態で冷えるのを待ち、味を確かめると、甘みが加わって果実をそのまま食べるよりおいしいと思える。

（もっと時を置けば蜜が染み込むでしょうし、冷たい方がおいしいはず）

そう考えたなつめは、鍋に蓋をして井戸水に浸けておくことにした。蜜煮をした桃がどの程度の日持ちなのかは見当がつかないので、これもいろいろと試してみるしかない。

取りあえず、一晩冷やしたものを翌日食べてみると、思った通り味も染み込み、ひんやりとした舌触りが心地よく、夏の暑さを和らげてくれる。

その後も何度か試して、これはと思うものを仕上げたなつめは、まず了然尼と松下亭秋に食べてもらうことにした。

「これは、ほんまにええ夏の涼どすな」

と、了然尼は目を細めて言い、

「はい。暑さで弱った体に力が戻ってくるようです」

と、亭秋も笑顔でうなずいてくれた。

「本物の不老不死などあり得ませんが、この桃は西王母の桃と言ってもよいおいしさと思いますよ」

と、続けた亭秋の言葉を受け、

「ほんにおいしいものをいただくと、寿命が延びる心地がいたしますさかい」

と、了然尼がほのかに微笑する。

「ありがとう存じます。でも、せっかくですから甘いものを好きでない方たちにも、喜んでもらえるもうひと工夫を加えられたらと思うのですが」

「なつめさん」

その時、亭秋が食べ終えた皿を置き、改まった表情で切り出した。

「私は料理にも菓子作りにもくわしくありませんが、今日、この桃を頂戴していて、ふと酒好きの大工さんの話を思い出しました」

「どういうことでしょうか」

亭秋の意図が分からず、なつめは訊き返した。

「この桃ですが、蜜で煮る際に酒を加えたらどうなのかと思いまして」

「お酒を？」

「その通りです。熱を入れれば酔いの素《もと》は抜けますし、酒の苦手な人でも食べられる上、好きな人は酒の風味が楽しめるのではないでしょうか」

「確かに、それなら、あの大工さんたちも喜んでくださるかもしれません」

酒と甘みがどう混じり合うか、酒の風味が楽しめるほど残るものかどうか、分からないことは多いが、とにかく試してみようとなつめは思った。

「ありがとうございます、亭秋先生。新たな試みの道筋をつけていただきまして」

「お役に立てれば嬉しいです」

さわやかな亭秋の笑顔を見つめながら、甘いものが苦手だと言う大工たちにも同じような笑みを浮かべてほしいと、なつめは思った。

（お酒は濁ったものと澄んだもののどちらが合うのかしら。甘味との相性もあるでしょうし、分量も一から考えなければ——）

試したいことが次々浮かんできて、なつめはうきうきした気分になっていった。


酒を使った蜜煮の桃を用意し、休憩中の大工たちに振る舞ったのは、それから数日後のことであった。甘味はいろいろ試した末に、水飴だけを使うことにした。米が原料の水飴は酒との相性がよいように感じられたためである。酒は澄んだものを用い、皮による色付けもうまくいった。煮詰めた後は井戸水で十分に冷やし、仕上げに香り付けとして酒を少々加えてある。

「今日は、ここの境内で実った桃をお召し上がりください」

なつめは一人丸ごと一つ皿に盛った桃を、お稲と一緒に大工たちに配った。

「桃が色のついた水に浸かってるぜ」

桃をそのまま食べると思ったらしい大工たちは、妙な表情を浮かべている。

「一手間加えました。よろしければ、その汁も飲んでみてください」

なつめの説明に「へえ」と呟いていた大工たちの中から、

「お嬢さん、俺は遠慮するよ」

と、言い出した者がいた。先日、甘いのは苦手だと言ってきた若い大工である。

「はい、覚えております。この桃は甘くないとは申しませんが、お好きなものも入っておりますので、今日はお試しいただければ、と」

大工の男は「えっ？」と訊き返し、怪訝《けげん》そうな眼差しをなつめに向けた。

「お前の好きなもんを、何でお嬢さんが知ってるんだよ」

仲間の大工たちが小突きながら、男に問う。

「お嬢さんに話したことって言やあ……」

と、言いかけた大工ははっと思い当たった表情になると、猪口《ちょこ》を傾ける仕草をしながら、

「まさか、これかい？」

と、訊き返した。なつめはにっこりと微笑み返す。

大工たちは皆、改めて自分の手に渡された器に目を向けた。それから器を鼻に近付ける者、目を閉じて香りを味わおうとする者など、それぞれの反応を示したが、やがて一人が黒文字で桃を突き刺したのを機に、皆が桃をほおばり出した。甘いのは苦手と言っていた

若い大工も、いつの間にか皿を手にしている。

「こりゃあ、確かに酒だ。風味が残ってる」

一人が言うと、皆、本当にそうだと言い始めた。

例の大工が半分に割った桃の実を取り、一気に口へ放り込んだ。口中が果肉で埋まり、嚙《か》み締めるごとに酒と飴の沁《し》みた汁があふれ返らんばかりになる。いつしか目を閉じていた大工は、ごくりと喉を動かしてからゆっくりと目を開けた。その目の中に光が灯《とも》っているように見えた時、なつめの心にも光が射した。

「こりゃあいいね。桃の酒を飲んでるみてえだ」

その言葉に、大工たちがそうだそうだと相槌《あいづち》を打つ。

日焼けした大工たちの顔には、力のみなぎるような明るい笑みが刻まれていた。なつめは心の中で亭秋にそっと感謝の言葉を述べ、近いうちにさっそく照月堂へ持参しようと思いを馳せた。

五

暦がもう間もなく秋を迎えようという頃。

文太夫が武家屋敷の挨拶回りから戻ると、「ご苦労さま」とおまさから差し出されたのは、汁に浸かった桃の実の半分であった。

「あ、これはなつめさんが考えたっていう、酒と蜜で煮た桃の実ですね」

文太夫は満面に笑みを浮かべて言った。

「そうそう。作り方はしっかり教えてもらったから、あたしでも作れるわ」

「日持ちが悪くてここの商いでは使えませんが、これは絶品ですね」

特に、暑い外から帰って来た時、よく冷えた桃をほおばると、舌が喜びの声を上げるような気がする。

「ありがたくいただきます」

と、文太夫は桃の実を黒文字で丁寧に切り分け、一口大の大きさにしたものをゆっくりと口に運んだ。

「こんなにおいしいのに、日持ちがきかないってのだけが難点なのよね。うちの人もなつめさんの頑張りを見て、いろいろ考えてたようだけど」

「茶屋で出したら評判になるんでございましょうが、菓子屋で売るお品としては難しいんでしょうなあ。残念な話でございますが」

桃の実を食べ終えた文太夫は、「いやぁ、しかしおいしいものです。ご馳走《ちそう》さまでございました」と礼儀正しく頭を下げた。

「旦那さんはまだ厨房でしょうか」

そろそろ店じまいの頃合いであったから、厨房での仕事は終わっているはずだが、明日の仕込みや三太の修業など、久兵衛が仕舞屋へ戻る時刻ははっきり決まっていない。

「そうねえ。今日はまだのようだわ」

「ならば、私は店じまいの手伝いに店へ参りますが、その、旦那さんにご報告したいことがございます。もし先にお戻りになられたら、その旨、お伝え願えますでしょうか」

文太夫はそう言い置き、いったん店へ向かった。太助や文太夫が武家屋敷へ挨拶回りや届け物に出向いた時は、必ず久兵衛に報告することになっていたが、前もっておまさに言づてを頼んだのは初めてである。

店へ戻ると、文太夫の叔父で番頭の太助が一人で客の相手をしていた。店じまいの前に急ぎ足でやって来た客たち相手に品をさばき、やがて暮れ六つ（午後六時頃）の鐘の音を聞くと間もなく、暖簾《のれん》を下ろした。

その後はいつもの通り、掃除をして店の中を整えてから、余ったわずかな菓子を持って仕舞屋へと向かう。

太助と文太夫が居間に入ると、そこにはすでに久兵衛がいた。

「ああ、お疲れさん」

と、二人に声をかけた久兵衛は、すぐに文太夫に目を据えると、

「話があるんだってな」

と、訊いた。

「はい」

と、神妙な顔つきで返事をした文太夫は、おもむろに口を開いた。

「このところ、うちと付き合いのある武家屋敷の挨拶回りで、よく見かける男がいると前に申し上げましたが……」

「ああ、覚えている」

と、久兵衛は太助とうなずき交わした。

その男のことは、ひと月ほど前に、文太夫が二人に報告している。

どこかの店の御用聞きで、文太夫も初めはさして気にしていなかったのだが、何度も顔を合わせるだけでなく、相手から含みのある眼差しを向けられ、気にしないわけにはいかなくなったのだ。

――そりゃあ、お前の男っぷりに見とれてるだけじゃねえのか。

軽口混じりに久兵衛が言ったのは、元役者である文太夫の顔立ちがたいそう整っているからだが、

――そういう眼差しではございませんでした。

文太夫が真剣な調子で言葉を返したため、久兵衛も笑いを引っ込めた。相手は明らかに自分の様子をうかがっており、目には挑むような色を浮かべていることもある。

――もしや、同業の方ではないでしょうか。

文太夫は気がかりを口にしたが、その時の久兵衛はさほど真剣には取り合わなかった。

――お前の知らねえところで、その男の好きな女がお前に惚《ほ》れてたとか、そういう類《たぐい》のこともあるだろう。

などと言い、まあ気になるのなら、どこの店の者か調べておけ、という形で話はついていたのであるが……。

「実は、今日、北村さまのお屋敷へ伺いましたところ、また例の男と鉢合わせしたのでございます」

文太夫は告げた。

「で、後でもつけて、どこの店の奉公人か分かったというのかね」

太助が問うと、文太夫はきょとんとし、

「いいえ。北村さまのお宅の女中さんが、ご親切にも教えてくださったのです」

と、大真面目に言葉を返した。

「なるほど」

と、納得した久兵衛は「それで、どこの店のもんだった？」と訊いた。

「日本橋の大店《おおだな》の菓子舗、一鶴堂《いっかくどう》の手代《てだい》とのことでございました」

さらにその後、文太夫が頼んだわけでもないのに、女中はぺらぺらと一鶴堂の手代について語ってくれた。

一鶴堂は北村家出入りの菓子屋にしてもらうべく、売り込みにたいそう熱心なのだそうだ。北村季吟《きぎん》は照月堂の菓子を気に入っており、初めは断っていたというが、相手は簡単にはあきらめない。新作の菓子だと言っては手土産に置いていくことを重ね、やがて、北村家の人々も一鶴堂の菓子を口にするようになったという。

「困った事態ではないか。そうやって幾度も恩を着せられれば、北村さまとて一度くらい注文してやろうかとお考えになるかもしれん。それがずるずると続いたなら……」

太助は悪い想像に自らを追い込んでいったらしく、

「そんなになるまで、お前はどうして手をこまねいていたんだ」

と、怒りを文太夫にぶつけてくる。

「まあまあ、そんなにも何も、まだどうにもなってねえだろう」

久兵衛が苦笑しながら太助をなだめた。

「しかしですね、旦那さん。日本橋の一鶴堂といえば……」

不安げな太助の言葉に、久兵衛も途端に笑みを消し去ると、

「ああ、そのことだ」

と、深刻な表情を浮かべた。

「一鶴堂が何か？　もしや、こちらと因縁のあるお店でしたか」

文太夫は顔を強張《こわば》らせて訊いた。

「いや、うちっていうより、氷川屋がな」

久兵衛は苦々しい口ぶりで言う。

「氷川屋さんといえば、辰五郎さんが親方になって入られた上野のお店ですよね。私も菓子を買いに行ったことのある——」

「そうだ。あそこでもともと親方をしていたのが重蔵《じゅうぞう》って人で、俺も見知ってたんだが、

大店に引き抜かれたんだよ。後から分かったことだが、その重蔵親方を引き抜いた先が一鶴堂だったんだ」

一鶴堂がどんな店なのか、くわしくは知らないのだが、と断った後、

「辰五郎が氷川屋へ行く前に話してたことも気になってな」

と、いつになく言いにくそうな口ぶりで、久兵衛は続けた。

「辰五郎さんが？」

太助が怪訝そうな目を久兵衛に向けた。

「ああ。今じゃ、氷川屋の若旦那になってる菊蔵《きくぞう》に関わる話だ」

「菊蔵さんに？」

「菊蔵がもともと菓子屋の倅《せがれ》で、そこの職人が大店に引き抜かれたせいで店がつぶれたって話は、番頭さんも知ってたかい？」

「ああ。その話なら耳にしていたと思います」

と、了解した太助はそこではっと顔つきを変えた。

「菊蔵さんの実家の職人を引き抜いたのも、一鶴堂だったんじゃありませんか」

「そうなんだよ。菊蔵は氷川屋で自分の師匠になった重蔵親方が、敵《かたき》とも言うべき店に引き抜かれたわけだ。冷静でいろって方が難しい話さ」

「……そうでしたか。その頃、菊蔵さんには、氷川屋のお嬢さんとの縁談が持ちかけられてたんですな」

「菊蔵の気持ちを直《じか》に聞いたわけじゃねえが、親の店を再建したいと考えたことはあったと思う。俺が菊蔵の立場だったら、そう考えたろうしな」

久兵衛の言葉に、太助と文太夫がうなずいた。

「そこへ、世話になった氷川屋さんが、自分の親と同じような目に遭わされた。しかも、同じ相手にだ。目をつぶれって方が無理だろう」

「なるほど、菊蔵さんがうちへ来るのを断って、氷川屋さんへ婿入りしたのにはそんな事情もあったのですか」

太助が納得した様子で、幾度もうなずく。

「今の話は、辰五郎が氷川屋へ入る前、あちらの大旦那から直に打ち明けられたそうだ。だから、あいつも氷川屋の大旦那も、一鶴堂には用心してると思うんだが……」

久兵衛は考え込むように腕組みをした。

「うちがお世話になっている武家屋敷の先々に、一鶴堂の手代が現れたのも、何かよからぬことを考えてるってことでしょうか」

文太夫はさらに気がかりを募らせて訊いた。

「まあ、客を奪おうってのは、店をやってる限り当たり前だがな。うちは引き抜かれるような職人もいねえし、氷川屋だって、引き抜かれて困るのは辰五郎や菊蔵くらいだろう」

「あの二人が一鶴堂に引き抜かれることは、天地がひっくり返ってもありませんね」

太助の言葉に、久兵衛は「ああ」とうなずいた。

「ただし、一鶴堂の手代が文太夫を曰《いわ》くありげに見ていたのなら、あっちもうちを意識してるってことだ」

「日本橋の大店がうちに目をつけた理由が気になる、というわけですな」

太助が久兵衛の心を読んで言う。

「辰五郎さんが氷川屋さんの親方になって、そこから今度はうちのことを調べ上げたのでしょうか」

太助の言葉が終わるか終わらぬうちに、文太夫は「あっ」と大きな声を上げた。

「もしや、うちに何かを仕掛け、それを脅しの種として、辰五郎さんを引き抜こうという作戦なのでは――」

「何い？　うちに仕掛けるって、何を仕掛けるんだ」

太助がつかみかからん勢いで問う。

「それは……分かりませんが」

文太夫が困惑気味に言葉を返すと、太助が気の抜けたように体の力を抜いた。

「まあ、分からねえことをあれこれ言っても始まらねえ。とはいえ、一鶴堂の動きは念のため、辰五郎の耳に入れておいた方がいいかもしれねえな」

考えをまとめるように語った久兵衛はその後、「文太夫」と目を向けた。

「お前は近いうちに氷川屋さんへ出向いて、辰五郎に今の話を伝えておけ。店で照月堂の名を出せば、会わせてもらえるはずだ」

「かしこまりました。明日にも上野方面のお客さまのお宅へ伺った際、辰五郎さんにお会いしてまいります」

と、文太夫は床に手をつけて頭を下げた。

六

その翌日、文太夫は厨房の菓子作りが一段落する、七つ（午後四時頃）も過ぎた頃を狙って、上野の氷川屋へ足を運んだ。

一年半前、久兵衛から頼まれた冬の菓子を買いに来て以来だが、あの時は客も少なく、どこか寂れた店のように見えたものであった。

しかし、この日は客の出入りも見違えるように多かったし、奉公人たちの声や態度にも張りが感じられる。

「いらっしゃいませ」

と、元気のよい小僧の声に出迎えられた文太夫は、丁寧に一礼し、

「私は駒込の照月堂より参りました者で、文太夫と申します。こちらの親方の辰五郎さんの知り合いですが、お話ししたいことがございまして。いえいえ、お手間を取らせるつもりはございませんので、お取り次ぎ願えますと、大変ありがたく存じますが」

と、告げた。文太夫のあまりにも丁寧な口の利き方に、小僧は一瞬ぽかんとしていたが、

「はい。親方のお知り合いの方ですね。少々お待ちください」

と、すぐに応じ、急いで帳場に座る男のもとへ向かった。すると、気難しげな男の顔がにわかに変わり、履物を履いてわざわざ文太夫のもとまでやって来る。文太夫の前で深々と頭を下げた男は、

「手前は番頭の庄助《しょうすけ》と申します。ようこそお越しくださいました、照月堂さん。わざわざのお運び、痛み入りましてございます」

と、文太夫顔負けの丁重さで挨拶した。

「親方とのご対面でしたな。もちろんのこと、客間をご用意させていただきますとも。親方は厨房で仕事中でございますので、手が空き次第になると存じますが」

庄助は愛想よく揉《も》み手をしながら言う。しかし、傍らの小僧に顔を向けた途端、愛想混じりの笑みはたちまち消え失《う》せた。

「すぐに親方に知らせて来なさい。親方の手が空かぬなら、せめて若旦那に来ていただけるよう取り計らうのだ」

と、別人のような声で小僧に命じる。「へえ」と小僧はすっ飛んで行った。

「あの、私は主人でも番頭でもなく、ただの奉公人でございますが」

文太夫が恐縮して告げると、「存じておりますとも」と庄助は再び愛想よく受けた。

「しかしながら、照月堂さんには多大な恩がございます。もし照月堂に連なる方が参られたら丁重にお迎えいたせと、主人からも申し付かっております」

ささ、客間へご案内いたしましょう、と庄助は自ら文太夫の先に立って歩き出した。

上客用と見える八畳ほどの部屋に、文太夫は案内された。勧められた上座に文太夫が座ると、庄助も座り込む。間もなく小僧が盆を手に現れ、茶と葛饅頭が振る舞われた。

「同業のお方に、何でございますが」

と言いながら、庄助は文太夫に菓子を勧めた。

「ありがたく頂戴いたします」

葛饅頭は十分に冷やされており、こし餡《あん》は滑らかで味に奥行きがある。

「親方が拵《こしら》えたものでございます」

庄助が脇から言葉を添えた。

「大変おいしゅうございました」

食べ終えた文太夫が手を合わせて礼を述べると、庄助は「恐れ入ります」と受けた後、

「この親方の腕がうちの店の屋台骨を支えてくれたのです。昔からのご贔屓《ひいき》で、味にうるさいお客さまを手放さずに済んだのも、親方のお蔭。ですから、照月堂さんからのお客さまを大切におもてなしするのは道理なのでございます」

と、滑らかな口ぶりで語った。

「本来ならば、主人が挨拶に出向くべきところですが、生憎《あいにく》、外回りに出ておりまして」

「いえ、ご主人など、おそれ多いことでございます」

文太夫も丁重な受け答えで返した。そうするうち、「失礼します」と文太夫にも聞き覚

えのある声が外からして、辰五郎が現れた。後ろにはもう一人、若い男がいる。

「やあ、文太夫さん。久しぶりだな」

辰五郎は照月堂に出入りしていた頃と同じ、飾り気のない様子で挨拶した。後ろの男は文太夫の知らぬ顔であったが、

「若旦那もご一緒でしたか。それはよかった」

と、庄助が言ったので、これが話に聞いた菊蔵さんかと、文太夫にも分かった。

「菊蔵と申します」

と、若い男は短く挨拶した。文太夫も「照月堂より参りました文太夫でございます」と頭を下げる。

「若旦那は文太夫さんと面識がないから、せっかくならと思ってな」

と、辰五郎が変わらぬ気安さで言う。誰に遠慮もせず、伸び伸びしている辰五郎の様子からは、氷川屋での日々が充実しているらしいことが伝わってきた。

「それでは、後はお任せします。御用があればいつでも店の方に申し付けてください」

そう言い置いて、庄助は下がって行った。続けて、

「俺も挨拶は済みましたんで、先に厨房へ戻らせてもらいます」

菊蔵が辰五郎に断って立ち上がろうとする。

「あっ、お待ちください。もしかしたら、若旦那さんにも聞いていただいた方がいいかもしれません」

文太夫は昨日、久兵衛から聞いた話を思い返しながら引き止めた。久兵衛は菊蔵に伝えろとは言っていなかったが、いずれ辰五郎の口から、氷川屋の主人と菊蔵へこの話が入ることは想定していたはずである。

「若旦那にも聞かせた方がいい話って、何だ?」

辰五郎が怪訝そうな表情で訊き返した。

「それが、そのう、ご不快になるかもしれないんですが、日本橋の一鶴堂のお話なんです」

文太夫は一気に告げた。恐るおそる菊蔵の顔色をうかがうと、愛想の乏しかったその顔が強張っている。

「一鶴堂って、ここの前の親方が引き抜かれたっていう、あの一鶴堂か」

問い返す辰五郎の声も若干硬くなっていた。文太夫が「はい」と答えると、

「俺の実家をつぶした菓子屋ですよ」

と、菊蔵が苦々しい口調で続けた。氷川屋の婿《むこ》となった時、実家の店の再興はあきらめたはずだが、一鶴堂へのわだかまりが消えていないことは伝わってくる。

「そりゃ、若旦那も聞いた方がいいだろうな」

と、呟いた辰五郎は、

「厨房のことは連中に任せても何とかなる。一緒に話を聞こう」

と、菊蔵に勧めた。菊蔵は「分かりました」と答え、改めて座り直す。

「実は、この夏の頃からなんですが……」

自分が行く先々の客宅で一鶴堂の手代と顔を合わせたこと、一鶴堂が照月堂を目に留めたとしたら氷川屋がらみかと思われること、氷川屋にも知らせた方がいいと久兵衛が考え、自分が遣わされたことを、文太夫は順を追って話していった。

「あの店はまたよからぬことを……」

菊蔵は低い声で呟いた。

「用心してください。あの店は力のある職人を引き抜いて、次々に店を苦境に追いやるんです」

文太夫に向けられた菊蔵の眼差しは、真剣そのものだった。

「そうだな。なつめさんなんか、気をつけた方がいいかもしれない。ただでさえ、女の職人なんてのはめずらしくて、引き抜けば花になると考えられる恐れがある」

辰五郎も心配そうに言う。

「いえ、それはございません。なつめさんはもう照月堂にはおられませんから」

何げなく告げた文太夫の言葉に、「何だって」と辰五郎は飛び上がらんばかりに驚いた。

菊蔵は声を上げこそしなかったが、その表情に浮かんだ驚きぶりは辰五郎に劣らない。

「ああ、ご存じなかったのですね。なつめさんは昨年で照月堂をお辞めになったのです。といっても、今も時折、お顔は出されますが」

「辞めたってどういうことだ？　俺は何も聞いてないぞ」

「それは、お伝えする機会がなかったからかと存じますが」

驚きから立ち直れぬ辰五郎に、文太夫は律儀に答えた。

「なつめさんがお母上のようにお慕いする尼君が、去年お倒れになられまして」

「大休庵の了然尼さまのことだな。お会いしたことはないが名前は聞いている」

「幸いお健やかにはなられたのですが、尼君は上落合村に新しい寺を建立なさっているさなかで、なつめさんはおそばでお支えしたいとのことでした。しかし、そうなると上落合村へ移らねばならず、駒込の照月堂へ毎日通うのは無理だからと、断腸の思いで……」

「なら、なつめさんは今は上落合村へ移っちまったのか」

長々と続きそうな文太夫の言葉を途中で遮り、辰五郎は早口に尋ねた。

「はい。けれども、時折、照月堂へ来られます。この前も、お住まいで穫《と》れた桃の実を、酒と蜜で煮たお品を持参してくださいまして」

「桃の実？　なら、なつめさんは菓子作りはやめていないってことか」

「それはそうでしょう。今も口を開けば、お菓子作りのことばかり話しておられますし、なつめさんが旦那さんのお弟子であることに変わりはないか、と」

文太夫の説明がそこに至ると、辰五郎の顔にも菊蔵の顔にも、ほっと安堵《あんど》したような色が浮かんだ。

「そういうわけで、うちの店の職人が引き抜かれる心配はないのでございます」

「そうだな。今の三太を引き抜こうとは考えねえだろうし、あいつは実家に帰ると決まっているし」

納得した表情で、辰五郎がうなずいた。

「しかし、こちらはいかがでございましょうか」

文太夫の問いかけに、辰五郎と菊蔵は互いに顔を見合わせた。

「親方なら、狙われても不思議はないところですが……」

菊蔵が躊躇《ためら》いがちに言う。もともと氷川屋の親方が引き抜かれたのだから、次の親方が目をつけられる恐れは十分にあった。

「確かに、先ほどの番頭さんは、ずいぶんと辰五郎さんのお力に感服しておられる様子でございました」

「感服って、大袈裟な……」

辰五郎は笑ったが、「しかし、親方は本当に気をつけてくださらないと」と菊蔵が真面目な顔で言った。

「仮に誘いがあったって、俺が行くわけねえだろ。いずれここも出てくって決めてるのに」

「いいえ、照月堂においても、辰五郎さんのことが心配の種として上がりました。ただ誘われるだけなら断れば済む話ですが、断りにくいように話を持っていかれるかもしれません」

文太夫が言うと、「俺が脅されるっていうのか」と辰五郎は吃驚《びっくり》した表情を浮かべた。

「相手は一鶴堂です。用心が必要ですよ、親方も」

有無を言わせぬ調子で言う菊蔵に、辰五郎も最後は「……分かったよ」とうなずいた。

「まあ、照月堂に何かあったら、すぐに知らせてくれ。すっかりご無沙汰しちまってるが、その時は必ずお力になりたい」

辰五郎は文太夫に言い、菊蔵もうなずいた。氷川屋に何かあった時もすぐに知らせてほしいと言葉を返してから、文太夫は氷川屋を辞去した。

「先のお話で、なつめさんが暮らしているのは上落合村で間違いありませんか」

と、菊蔵が確かめてきたのは、文太夫の見送りに出た店前《たなさき》でのことである。辰五郎は先に厨房へ戻り、番頭は他の客の相手をしている最中で、二人の近くに人はいなかった。

「はい、そうですが……」

文太夫が答えると、

「家内《かない》に知らせてやろうと思いまして」

と、言い訳でもするように、菊蔵は早口で続けた。

「以前は、仲良くしていたんですよ」

「そうでしたか」

と、文太夫は納得してうなずいた。

「本堂はまだ出来上がっていないそうで、寺の名も聞いておりませんが、あの辺りで聞けばすぐに分かると思います」

と続けた文太夫の言葉に、菊蔵は無言でうなずき返す。

「わざわざのお見送り、痛み入ります」

文太夫はその場で丁寧に頭を下げ、まだ暑さを残した夕暮れの通りを歩き出した。

その日、菊蔵は辰五郎と相談の上、文太夫から聞いたことはすべて、義父の勘右衛門《かんえもん》に伝えておくことにした。

勘右衛門は不愉快極まりないという表情で聞いていたが、くれぐれも用心するという点については二人と同意見であった。

「まったく、照月堂さんがあの店をぎゃふんと言わせてくれれば、これに勝る喜びはないんだがね」

勘右衛門は言ってのけた。まったく身勝手な言い分で、とても照月堂の人々には聞かせられないと思いつつ、これは今に始まったことでもない。

菊蔵は聞き流し、勘右衛門の住まいである母屋から廊下伝いに、若夫婦に宛《あて》がわれた離れへと向かった。

「ご苦労さまです」

しのぶが穏やかな表情で迎えてくれた。

「父さまは何て？」

しのぶには勘右衛門よりも先に、文太夫から聞いた話は伝えてあった。ただ一つのことを除いて。

そのことをどう伝えたものかと迷いつつ、口先ではまったく別のこと——先ほどの勘右衛門の応答について菊蔵は語っていた。

「父さまらしいわ」

と、しのぶはあきれた口ぶりで呟き、

「悪く思わないでね。あれで、照月堂さんにも辰五郎親方にもたいそう感謝しているのよ」

と、菊蔵を気遣うように続けた。

「分かっている」

と、別のことに気を取られたまま、菊蔵は答えた。少しぶっきらぼうな物言いになってしまったかと、思わずしのぶの顔色をうかがったが、別段気を悪くしたふうでもない。

もう店のお嬢さんではないのだと思い、いや、店のお嬢さんだった頃から権高《けんだか》な振る舞いなどする娘ではなかったと、菊蔵は思い直した。そういうところを好ましくも愛おしくも思い、共に生きる道を選んだのだ。あれこれ考えず、ありのままに打ち明けてしまおうと心を決め、菊蔵は「しのぶ」と呼んだ。

「今日、来たのは文太夫さんって人なんだ。お前は顔を知らないかもしれないが」

菊蔵が切り出すと、「そのことはさっき聞いたわ」と、しのぶは不思議そうに首をかしげた。

「その時、なつめさんの話を聞いた」

と、菊蔵は続けた。しのぶの表情は変わらなかったが、

「なつめさんは照月堂を辞めたそうだ。今は、了然尼さまに付き添って、上落合村に暮らしているらしい」

という報告には、さすがに「えっ」と小さく呟くなり、驚きを隠さなかった。

「なつめさんが照月堂さんを辞めたですって。菓子職人になるのをやめてしまったの？」

「いや、そうは聞いていない。まだ菓子作りは続けてるみたいだ」

「そう……」

しのぶは少し肩の力を抜いて呟いたが、よかったという言葉は続かなかった。

「気になるなら、会いに行ってみたらどうだ？」

菊蔵は思い切って勧めた。

「あなたこそ、同じ職人として気になるのではありませんか」

しのぶの目の奥がかすかに揺れている。菊蔵は首を横に振った。

「いや、菓子作りをやめたっていうなら気になるが、そうでないならいい。だが、お前は違うだろう」

菊蔵の言葉に、しのぶは「ええ」と素直にうなずいた。

「でも、なつめさんが今の消息を私に知らせてくれなかったのは……」

そこまで言うと、しのぶは言葉を探すようにほんの少し沈黙した。

「なつめさん自身の問題だと思うのよ。私があなたと一緒になって、私たちの仲も今まで通りとはいかなくなったわ。でも、それが理由じゃないの。今のなつめさんにとって、私にその話を伝える必要がなかったからなのよ」

この先いつか、打ち明けてくれる時が来る——しのぶはそう信じているのだろうと、菊蔵は思った。

「なつめさんはご自分の道を見つけたら、きっと知らせてくれると思うわ。あなたと一緒になる時、私がそうしたように」

「そうか。なら、いいんだ」

菊蔵は穏やかな心地でうなずいた。妻に隠し立てすることなく、ありのままに伝えられてよかったと、心から思った。

第三話　宝船

一

京の菓子司果林堂が〈宝船〉という寒天菓子を売り出したのは、この年の夏のさなかのことであった。

淡黄色の表面に非常に細かい砂糖をまぶされた寒天が、船の形の器に美しく盛りつけられた菓子。その姿は、あたかも黄金《こがね》の塊をのせた宝船のごときもの。

そんな謳《うた》い文句と共に、公家や寺社の得意先にまずは売り込み、店前《たなさき》でも売り出したところ、値の張る品であるにもかかわらず、毎日のように品切れの勢いだった。

「船の器はもっと注文するさかい、菓子の量を増やせへんのか」

主人の柚木九平治は本厨房《ほんちゅうぼう》にそう注文をつけ、

「必要なら、本厨房の人手をもっと増やしたる」

とまで長門に言ったのだが、「新たに教え込まなあかん職人は、今さら要《い》らへん」と長門は淡々とした口ぶりで断った。

数に限りがあるとなると、これが他の菓子屋にないという話題も手伝って、客は我も我もと〈宝船〉を求めるようになった。勢いにつられて他の菓子の売れ行きもよく、また公家屋敷や寺社から〈宝船〉の注文もあり、果林堂はこの秋、大きく売り上げを伸ばした。

「七夕には、器を笹舟の形に変えたらどないやろ」

と、長門が九平治に提案した意見はそのまま通り、さっそく新しい器が注文されたのだが、

「七夕当日に売り出す分だけでええ。いつもより仰山拵《こしら》えてくれるな」

九平治がどれだけ頼んでも、長門はなかなかうんと言わない。

ここに至って、安吉は九平治から呼び出された。

「ここで長門をうなずかせられへんなら、あんたがここにおる意味がないやろ」

九平治からそう言われた安吉は、六月上旬のある日、

「七夕だけなら、旦那さんのお望み通りになさってはどうでしょう」

と、恐るおそる長門に切り出してみた。

「何や、お義兄《にい》はんに泣きつかれたんか」

長門は皮肉な調子で言うものの、

「まあ、七夕には半月以上もあるさかい、できひんこともない」

と、めずらしいことに、九平治の願いを頭から斥《しりぞ》けはしなかった。

「では、旦那さんにそうご返事してよろしいですね」

長門の気が変わらぬうちにとばかり、安吉が九平治のもとへ駆けつけようとしたら、

「引き換えならな」

と、いかにも腹に一物ある調子で、長門が言う。

「どういう意味でしょうか」

「あてがお義兄はんの望みを聞く代わりに、お義兄はんにもあての望みを聞いてもらわなあかんということや」

九平治は長門の望みなら何でも聞き容《い》れているではないか、というのが本厨房のみならず果林堂の総意であるが、長門の頭の中は違うようだ。

「長門さまの望みとは、何なんでしょうか」

試しに尋ねてみたが、案の定「それはここでは言えへん」と長門はそっぽを向く。

「後で、あてからお義兄はんに話す」

と、それ以上のことは明かさないので、安吉はあきらめた。

「では、旦那さんに、長門さまのお望みと引き換えなら、とお答えしてかまいませんか」

今度は、勝手にしいというふうに手を振られたので、安吉は外へ行きかける。すると、その背に、

「もう一つ、お義兄はんに伝えとき」

と、長門の声が追いかけてきた。

「あての願いを明かした時、万一お父はんが反対したら、そん時は、お義兄はんがあての味方をして説得してくれなあかん、てな」

本厨房を出た安吉は母屋へ向かい、九平治に長門の言葉を伝えた。

「ほうか。長門は承知したか」

九平治はすっかり上機嫌になり、「ようやった」と安吉を褒めた。しかし、長門の願いごとと引き換えであるとしっかり伝えたのに、そちらには重きを置かぬふうである。

「あのう、長門さまは引き換えとおっしゃったんですよ。どんな無理難題をお口になさるか分かりませんよ」

安吉は声に力をこめて言い添えた。

「あれの口から、無理難題以外の言葉が出たことあるか？」

九平治は相変わらず上機嫌のまま応じた。

「これで、新しい器の注文が無駄にならずに済んだ」

長門が承諾する前に、早くも注文だけは多めにしておいたようである。

「長門さまの無理難題をご隠居さんが反対なさった時には、旦那さんが長門さまの味方をして、その説得をしなけりゃならないそうですよ」

その言葉にだけは、九平治の表情も少し変わったものの、

「まあ、何とかなるやろ」

と、最後には言った。そんな九平治の能天気な顔つきががらりと変わったのは、七夕の注文もすべて無事にこなし、店に出した〈宝船〉も売り尽くして、ようやく一息吐《つ》いたその晩のことであった。

「ほな、長門の願いとやらを聞きまひょか」

九平治は隠居の宝山もいる席で、長門に切り出した。

「今回はお手柄やったでな。何でも願いの筋を言うてええのやで」

持ち上げるように言う九平治の前で、長門はしれっと口を開く。

「ほな、あてと本厨房の職人たちをそろって江戸へ行かせとくれやす」

長門は言い終えると、義兄の顔色をうかがうこともせず、ふいとそっぽを向いた。

長門の望みとは江戸への三月《みつき》以上の遊学、それも与一と政太、安吉を伴ってという、大掛かりなものであった。

「そないなことは許せへん！」

宝山が反対したのはもちろんのこと、表向き反対できぬ九平治も心中では苦虫を嚙《か》み潰していた。

「四人も江戸へ出すのに、費《つい》えがいくらかかかると思うてるのや」

と言ったのは宝山だが、

「お義兄はんが稼いでるさかい、そのくらいは出してくれはるやろ」

と、長門は切り返した。

「あて一人では許されへんと思うたさかい、他の三人をつけたんやけど、金がもったいない言わはるんなら、あて一人だけでもええ」

そう言われると、付き添いを誰もつけないなど論外だという話になる。

「与一や政太はしっかりもんやけど、京から出たことあらへんやろ」

と、九平治が言えば、

「せやさかい、安吉を加えてるんやおへんか。江戸育ちやさかい、こればかりは役に立ちますやろ」

と、長門はさらっと返してくる。

「しかし、あんたら四人が行ってしもたら、その間、寒天菓子が作れなくなるやないか」

「今のところ、あの菓子は夏から初秋のもんどす。もし冬も売ってくつもりなら、もう一工夫せなあかん。それを見つけるためにも、別の土地へ行ってみたいのや」

「何で江戸なんや。あないなところに、長門が学ぶものなんか、何もあらしまへん。せやせや、大坂なら行かしたるで。遠うはないし、見るべきものもありますやろ」

江戸なんぞ何もかもが京より遅れている土地や、と九平治はこき下ろした。

「大坂はいつでも行けます。それに、お義兄はんかて江戸へ行ったことおへんやろ。寒天菓子は古い歴史のある菓子やないのや。新しい菓子やさかい、新しい土地で何かをつかめるかもしれへん」

結局、長門はあれやこれやと言葉を重ね、一度として言い淀《よど》むことがなかった。一方、宝山と九平治は長門の言い分を打ち砕くだけの道理を持ち出すことができない。

最後には、長門の言葉通り、九平治が宝山を説得する羽目になった。

「こうなったら、仕方ないのやおへんか」

長門はいない、宝山と二人だけの席で、九平治は言った。

「お義父《とう》はんのご心配は分かりますし、あてかて不安がないわけやおへん。せやけど、かわいい子には旅をさせい、とも言いますよって」

「長門はまだ十三やで」

と、宝山はため息をこぼしながら言った。

「わしが言うのも何やが、あの子がわしらの手を離れたところで、まともに生きていけるとは思えへん。江戸は遠い。何かあっても、すぐ駆けつけてやれへんのやで」

「長門を甘やかしてしもたと、悔いてはるんどすか」

いつになく温もりのある声で問うた九平治に、宝山は無言であった。

「それについては、あても責めを負わなあかんとこどす。せやけど、この家の、いや、京の外を見たいと長門が思うたことに、あては何より驚きました。それに、あてら大人の言うことに、次々切り返してくるあの頭のよさを見るにつけ……」

「あれは、頭がええのやのうて、ずる賢い言うんや」

と、宝山は九平治の言葉に口を挟んだ。九平治は苦笑し、先を続ける。

「まあまあ、あれは間違いなく頭のええ子どす。せやさかい、ほんまは分かってるのやおへんか。この家の中で通じるわがままが、外ではまったく通じんということを――」

宝山はもう何も言わなかった。

「長門の望み通り、本厨房の三人を付けたりまひょ。与一と政太はけっこう長門と馬が合うようどす。安吉は少々頼りない男やけど、長門もあれに気を許しているようなとこもありますし、少なくとも江戸で右往左往することはおへんやろ。それに、あてが昔、一緒に働いてた男が江戸で菓子屋をやってまして、安吉はそこから預かったもんどす。その男に宛《あ》てた書状を持たせますさかい、江戸での暮らしは安心してもろてええ思います」

「江戸か……」

宝山は力の失《う》せた声で、ぼんやりと呟《つぶや》くように言った。

「昔、宮中で知ったあるお方が江戸へ下ったと聞いた時、何で江戸なんぞへと心外に思うたもんや。その江戸へわしの息子が行きたがるとはな」

「あても、今話した男が江戸へ帰ると言うた時、話にならんと思いました」

九平治と宝山は顔を見合わせ、苦く笑い合った。

「お父はんのお知り合いとは、どないなお方どすか」

「東福門院《とうふくもんいん》さまに仕えてはったお方や。雲の上のお人のように美しい方やったけど、髪を下ろしてしもてな」

「何や艶《つや》めいたお話どすなあ」

九平治は義父にからかうような目を向け、こんなことは初めてだと改めて気づいた。

「今のお住まいをご存じなら、長門に書状を持たせたらどないどす？」

「住まいは知らんが、名の知れたお方やさかい、万一うまく届くこともあるかもしれん。あちらが覚えてはるかどうか分からんが、書状をしたためるとしよか」

こうして長門の江戸遊学と、それに付き添う三人の顔ぶれが正式に決まった。


その数日後、九平治は長門と与一、政太、安吉らを呼び出し、江戸行きを申し渡した。長門に照月堂久兵衛への書状を託し、寒天も持てるだけ持って行くようにと告げる。

「久兵衛に見せて驚かしたれ。完成した〈宝船〉を手土産にできひんのが惜しいとこやけどなあ」

さも残念そうに呟いた九平治は「いやいや」と独りごちた。

「寒天を見たあいつは、必ず菓子を試したいと思うはずや。作って見せてくれと言い出すに決まっとる。そん時はせいぜい勿体《もったい》ぶった後で引き受けてやればええ」

せやせや――と、九平治は思い出したように膝を叩《たた》いた。

「安吉、あんた、〈宝船〉の容れ物も忘れんと持って行き。久兵衛に見せつけてやる時、あった方が菓子が映えるさかいな」

江戸での〈宝船〉のお披露目をもう決まったことのように言う九平治に、安吉は「へえ」と慌てて返事をする。

言うべきことを言ってしまうと、九平治は古い馴染みの驚く顔を想像して、早くもしてやったりといい気分になった。しかし、付き添い三人組から「あん時の旦那はんのお顔はまるで子供のようやったなあ」と言われていたことについては知る由《よし》もなかった。

二

七月の終わりに出立した長門の一行が、無事に江戸の土を踏んだのは八月半ば過ぎのことである。取りあえず品川宿《しながわしゅく》に達した時、ここはもう江戸の地と言っていいと安吉は告げ、

「ひとまずご苦労さまでした」

と、長門たちをねぎらった。同時に、

(本当に、江戸へ帰って来たんだな)

という感慨が安吉の中にも芽生え、旅の間の緊張感が少しばかり和らぐのを感じた。

前に品川宿を通った時は、いつ帰って来られるか、まったく先が見えなかった。それが、こうして京の菓子屋の人々と連れ立ち、戻って来ることになろうとは――。

思いがけないことの連続だったと、安吉はこの二年足らずの日々を思った。改めて見上げた江戸の空は、どこか懐かしい心地がする。

「ほな、ここでちょっと一休みや」

この時、長門が言い出した。

「江戸に着いたら、急に足が動かんようになった」

と、言う。ここまでの長い旅の間、長門は安吉たちが目を瞠《みは》るほど辛抱強く歩き続け、宿屋に少々の不都合があっても、文句の一つも言わなかった。「まるで別人のようや」と与一は言い、「旅が人を育てるという話はほんまやった」と政太も感心していたのである。

（江戸に着いた途端、安心して元に戻ったのかな）

安吉はひそかにそう思いめぐらしたが、長門の言葉が絶対であることは変わらないため、

「では、そこの茶屋へ入って、今後のことを相談してはいかがでしょうか」

と、提案した。品川宿には宿屋が軒を並べているが、まだ日も高いので、ここで宿を取ることもないだろう。

長門がそれでいいと言うので、四人は目の前の茶屋の縁台に腰を下ろした。

さっそくやって来た女中に、四人分の茶を注文したところ、

「ご一緒に餅《もち》菓子やお団子はいかがです？　うちでは〈長命餅《ちょうめいもち》〉といって、食べると長生きできるっていう葛餅《くずもち》を出してるんですよ」

と、女中は愛想よく勧めてきた。

「ほな、それを人数分や」

と、長門が言うので、安吉はそれも追加で注文する。やがて、黒蜜のかけられた葛餅と茶が運ばれてきた。

「ふん、これが江戸の葛餅か」

長門の声には見下したような響きがある。葛餅を見る与一と政太の目にはかすかな敵意さえこもっていた。

「い、いや、何もこの葛餅が江戸菓子をしょってるわけじゃありませんから」

安吉はしどろもどろになりながら、三人に言った。

「大仰なことは考えず、気楽にいただきましょうよ。江戸の町中《まちなか》に行けば、もっとちゃんとした菓子屋もありますから」

安吉は茶屋の者たちに聞こえぬよう、声を潜めて告げた。ところが、

「何言うてるのや。この菓子に期待なんぞしとらへん」

返す長門は周囲の耳などまるで気にしていないので、安吉はひやひやした。

「長門さまの言う通りどす。茶屋やろが大通りの菓子舗やろが、江戸の菓子が京に及ばんのは覆《くつがえ》らへん理《ことわり》やろ」

政太までが言い出したので、安吉は「もっと声を落としてください」と慌てて言った。

「まあ、とにかくいただきまひょ」

長門が毒舌とは裏腹に、丁寧に両手を合わせて頭を下げる。安吉たちもそれに倣《なら》って、長命餅に黒文字《くろもじ》を入れた。

一同はもぐもぐと無言で葛餅を食べ続ける。安吉は悪くないと思ったが、長門は無表情、与一はしかめ面で、政太は眉間《みけん》に皺《しわ》を寄せている。

「十薬《じゆうやく》を使うてるのやな」

残さず食べ終えた後、長門がおもむろに言った。

「それで長命餅とつけたんか」

「ははあ。十薬でしたか。俺、ぜんぜん気がつきませんでした」

安吉が感心して言うと、与一と政太からあきれたような眼差《まなざ》しが飛んでくる。二人はいちいち口に出さないものの、気づいていたようだと、安吉は恐れ入った。

「まあ、発想は悪うないが、葛があかん」

長門は顔をしかめながら言った。

「原料にかける金をけちってるんどすな。それに、水もひどいもんどす」

と、与一が言って、大きなため息を漏らす。

「あ、それは仕方ありません。江戸の地下を流れる水は使えなくて、水道を引いてますから」

安吉が説明すると、

「あー、その話を聞くだけでも、気が沈むわ」

と、長門が空を仰いで、声を放った。

「ま、どないなとこにでも、見るべきもんはあるもんどす」

政太が長門に慰めの言葉をかけ、それから安吉に目を向けると、

「そんで、これからどうするのや。今夜の宿は江戸の町中になるんやろ」

と、訊《き》いた。話題がそれたことにほっとしつつ、

「そのことですが、まずは駒込へ向かい、照月堂さんにご挨拶《あいさつ》するのでいかがでしょうか」

と、安吉は長門に尋ねた。すると、

「それはあかん」

と、たちまちの却下である。

「どうしてですか」

「照月堂はんへ行くのは、まだ先のことやからや」

「でも、果林堂の旦那さんが照月堂さんへ、飛脚の便りで知らせているんじゃありませんか。なら、あまり遅くならない方が……」

安吉は懸念を口にしたが、それはないと長門は言った。急な訪問に対する詫《わ》びの言葉は、長門に託された書状にしたためられてあるという。

「どうして、飛脚に頼まなかったんでしょう」

「知らぬ顔でまず菓子の味見をするためや。挨拶に行くのはそれが済んでからやな」

長門は決まったことのように告げた。どうやら九平治と話を合わせているような口ぶりである。

「でも、そんなことしたら、先方にばれちゃいませんかね」

「別にばれたかてええやろ。味に自信があるのなら、悪い気はせえへんはずや」

「それはそうですけど……」

久兵衛の味に難癖がつけられるとはよもや思わないが、安吉は何となく釈然としない心地で呟いた。ところが、

「それはええどすな」

と、与一がそれまでにない笑顔で言い出した。

「江戸の菓子屋の味試し、面白そうどす」

今や長門の案に大乗り気である。

「せやろ。あてらの素性を知らせぬまま、名の知れた店はあらかた回ってみるつもりや」

「江戸の案内役もおりますし、ええ思いつきどすな」

政太が言った。京出身の三人はすっかり意気投合している。

「そりゃあ、菓子屋のご案内ならしますけど……」

気乗りせぬまま安吉は応じたものの、その前に今夜の宿だと思い出した。

「それはともかく、今夜はどこに泊まりましょう。実は、俺、宿屋はよく知らないんですよね。だって、江戸に暮らしてた時、宿に泊まることなんてなかったですから」

「そないなことは分かってます。けど、自分では泊まらへんでも、ええ宿屋の場所くらいわきまえてるもんやろ」

政太が再び眉間に皺を寄せ、責めるような目を向けてきたが、

「いやあ、俺はぜんぜん」

安吉は悪びれずに答えた。

「ほな、品《ひん》のある町はどこなんや。汚いんも臭いんも危ないんも御免やで。きれいで安全な町へ案内しい。そこの宿なら取りあえず平気やろ」

与一が半ばあきれた目を向け、安吉を急《せ》かした。

「品がいいってなると、武家屋敷になっちまいますけど。それ以外だと、日本橋がまあ、いちばん開けていて金持ちも多く集まってます。他は、公方さまゆかりの寛永寺《かんえいじ》がある上野近辺ですかね。神田は職人が多いんですが、武家屋敷もありますし、俺も昔、住んでたんで、あの辺りはくわしいですけど」

「そないぽんぽん言われたかて、あてらは何も分からへん。ほな、今言ったとこへはよ案内しい」

「今言ったとこって、日本橋ですか、上野ですか、神田にしますか」

「せやさかい、聞いたところで分からん。あんたが選んで案内しいて言うてるのや」

与一と政太の刺すような眼差しを浴びながら、安吉はどこがいいか考え始めた。最も優先されるべきは安全だ。となれば、人の出入りの多い日本橋より、静かで落ち着いた上野の方がよいだろう。

(神田に行ってみたい気もするけど、お父つぁんと鉢合わせなんて御免だしな)

別れたきりの父親が今も神田の長屋にいるかどうかは知らないが、安吉は自分の都合を勝手に取り入れ、

「なら、上野へ行きましょう」

と、言った。

「上野の有名な菓子屋は何て言うんや」

長門はそこにしか関心がないという様子で訊く。

「ええと、俺が照月堂さんへ行く前、世話になってた氷川屋さんがありますけど」

「ほうか、そりゃ楽しみやな」

と言う長門に、安吉は獲物に狙いを定めた蛇の目を連想してしまった。

三

長門の一行はひとまず松乃屋《まつのや》という上野の宿に落ち着き、翌日一日の休息を挟んだ後、

「ほな、菓子屋めぐりに行きまひょか」

という長門の一声で、江戸の町へくり出すことになった。安吉は案内役である。

「まずは、安吉のいた上野の菓子屋やな」

長門が初日から言い出したのを、安吉は複雑な思いで聞いた。

「あんたは入らんとき。あてら三人で偵察して来るさかいな」

と、長門から言われた安吉は、二つ返事で承知した。言われるまでもなく、氷川屋の暖簾《のれん》をくぐれる身ではない。なるべく離れた場所で待っていようと、安吉は思った。

宿を出た四人は、そこからほど遠くない氷川屋へ向かった。氷川屋の面した大通りに差

しかかると、安吉は早くも足を止める。

「あのう、俺はこの辺で待ってます。この道をまっすぐ進めば、菓子屋は一軒しかありませんから、分かると思いますんで」

そう言って、長門たち三人を送り出し、安吉は路地裏で待った。何となく落ち着かず、あっちへ行ったり、こっちへ行ったり、つい体を動かしてしまう。

（氷川屋の皆さんはどうしてんだろ。お嬢さんに菊蔵、それから重蔵親方……はもういないんだっけ）

重蔵が氷川屋を辞めたことは、なつめが便りで知らせてくれた。そこには驚いたことに、あの辰五郎が氷川屋の親方になったとあり、ついでに重蔵が他の店に移ったことにも触れられていたのである。

（そうだ。その経緯《いきさつ》もなつめさんに会ったら聞いてみなけりゃな）

便りが届いたのは、去年の冬のことで、そこにはもっと驚く話がしたためられていた。子供の頃、安吉と同じ長屋の住人で、いつも泣いてばかりいた安吉をかわいがってくれたおそのが、今では照月堂で働いているというのである。それも、おそのの夫が照月堂の親戚でかつては番頭をしていたというから、さらに驚いた。おそのの夫については、記憶が薄ぼんやりとしていて、顔立ちもはっきり思い出せないのだが。

（俺がどんなふうに氷川屋さんを辞めて、照月堂さんを飛び出したか、おその小母《おば》さんも聞いてるんだろうな）

それを思うときまり悪いが、おそのにまた会えるのは嬉《うれ》しい。できれば一日でも早く会いに行きたいが、照月堂への挨拶は味試しをした後だ、と長門は言った。江戸の菓子屋を一通りめぐった後となると、まだまだ先のことになりそうだ。

そんなことを思いながらそわそわしていたら、やがて、三人が戻って来た。荷物を持っているのは与一で、思っていた以上に大きい。

「ずいぶん買って来たんですね」

と、安吉が言うと、与一は当然のように荷物を差し出し、

「秋の菓子がそろってたんでな」

と、応じた。安吉は案内役に荷物持ちを兼ねることになった。

「〈菊花《きくか》の宴《うたげ》〉〈柿しぐれ〉というのが店の売りらしいてな。他に、栗饅頭《くりまんじゆう》と栗そぼろを買《こ》うた。そぼろは〈女郎花《おみなめし》〉に見た目が似てたわ」

長門が安吉に聞かせるでもなく言う。

「〈女郎花〉に比べたら、作りが雑どすけどな。色が少々くすんでるし」

政太がすぐにこき下ろした。が、残る二人も同じ感想なのか、氷川屋を庇《かば》う声は上がらなかった。

「ま、四人分買うて来たさかい、食べるのは宿へ帰ってからや」

「ええと、次はどこへ行きましょう。上野にもまだ菓子屋はありますけど、氷川屋より大きな店はないと思います。それなりの菓子屋なら、浅草へ出るか、日本橋を目指すか」

安吉が尋ねると、

「日本橋は東海道の仕舞いどしたな」

と、与一が言い出した。京の三条大橋から東海道を下って品川宿まで来たものの、そこから上野へ向かってしまったため、一行は日本橋の地を踏んでいない。

「仕舞いじゃなくて、始まりですね」

安吉はつい余計な口を利いて、与一から一睨《ひとにら》みされた。

「あ、それじゃあ、日本橋に行きましょうか。日本橋には何でもあります。とにかく大店《おおだな》という大店が集まったところですから」

安吉が慌てて言うと、「ほな、そないしよか」と長門が言い出した。

「東海道の果ての地は、見ておかんとな」

「そうどすな。安吉はん、一応東海道の仕舞いの場所へ案内しとくれやす」

長門と政太から口々に言われ、「へ、へえ」と安吉は冷や汗をかきながらうなずいた。

こうして、安吉の道案内により、一同は日本橋へと向かった。日本橋にある菓子屋の名はいくつか聞いたこともあったが、安吉が場所を知っているのは大店の桔梗屋《ききょうや》だけである。店へ入ったことはないが、そこの菓子は氷川屋にいた頃、何かの折に分けてもらって、口にしたことがあった。

(桔梗屋さんの桜餅は絶品だったからな。長門さまたちも満足してくださるだろう)

道々思いめぐらした安吉は日本橋の地に到着すると、まずは橋そのものを一行に披露した。

「いかがでしょうか。江戸で最も人が多く集まるところです」

　実際、この人の多さと活気ばかりは、京の三条大橋をしのいでいると思うのだが、長門からは「ふん」と言われただけであった。

「あ、それじゃあ菓子屋へご案内しますね」

　日本橋の見物を早々に切り上げ、安吉は歩き出した。間もなく、人が大勢出入りしている桔梗屋の店前に着き、今度は安吉も皆と一緒に店へ入る。

「おいでやす」

　途端にかけられた声は、誰もが耳慣れた京言葉だった。

「何や、ここは京の桔梗屋はんの江戸店《えどだな》か」

　長門が呟いたのを耳に留めた手代《てだい》が、

「おや、お客さまは京からのお越しどしたか」

　と、声をかけてきた。すかさず与一が長門の袖《そで》を引き、首を横に振って自ら前に出る。

「いかにも、京から来たもんやけど、京の桔梗屋はんの菓子はいただいたことがあります。桜餅がよう知られてますけど、今の季節なら何がお勧めどすやろ」

　相手がこちらの素性を尋ねる前に、こちらから畳みかけ、その機会を奪ってしまう。いずれ知られるとしても、今は悟られぬ方がよいとの判断かと、安吉は舌を巻いた。

「何で、ここが京の桔梗屋の江戸店やって言わなかったんや」

与一が手代と話をしている間、政太が安吉を小突いた。

「俺、この店へ来たことはなくて。もともと京の店だって知らなかったんですよ」

安吉は小声で言い訳した。

「ま、考えなしにしては上出来か」

政太はぼそっと呟くと、「えっ？」と訊き返した安吉には返事をせず、代わりに長門の耳もとへ口を寄せた。

「ここは、後々のためにええ見本どす。できるだけじっくり見て、旦那はんにお知らせしまひょ」

いずれ果林堂を支えていく長門の手本として役立てようということらしい。与一の如才なさといい、政太の抜け目のなさといい、二人とも見事なものだと、安吉はぽかんとしていた。

やがて、桔梗屋の手代が注文の品をそろえに奥へ下がって行った。

「ひとまず、あっちが勧めてくるのを二つずつ買うことにしました」

与一が長門に報告する。あまり細かな注文をつけて、相手の印象に残らぬよう用心したということらしい。

品物がそろうまでの間、長門は店に並べられた菓銘の札と添えられた絵をじっと観察していた。与一と政太もぼんやりしてはおらず、棚の配置や手代や丁稚《でっち》の応対ぶり、それに対する客の反応などをじっくり眺めている。

もしかしたら長門ばかりでなく、与一や政太も、それぞれ九平治から言いつかったことがあるのではないか、と安吉は思い至った。江戸の菓子屋をよく見て、盗めるものは盗んで来い、とでもいうようなことを——。

（あの旦那さんならおっしゃりそうだもんな）

長門との約束事とはいえ、江戸に遊学させるからにはかかった費えの分だけは何かを得ようと考えるはずである。

自分が何も言いつかってないのは、そこまで目端《めはし》が利かぬ者と思われているか、いつかは果林堂を出て行く者と思われているためか。仕方のないこととは思いつつも、安吉は少しばかり寂しい思いを抱いた。

やがて、桔梗屋での買い物を終え、そろって外へ出ると、

「いやはや、肝が冷えました」

と、与一は長門に向かって言いながら、品物の包みを安吉に押し付けた。

「前もって知ってたら、こない焦らんかったけどな」

と、与一から嫌味を言われ、安吉は「すみません」と小声で謝る。その後、今日はもう一軒だけ、次は純粋な江戸の菓子屋へ行こうという話になり、安吉は確か一鶴堂という大店があるはずだと思い出した。通りをのんびり歩く若旦那ふうの男に尋ねると、もう一本東の通りだと分かり、一行はそちらへ向かう。

ここでも、安吉は長門たちと一緒に店へ入った。

「いらっしゃいませ」

と、近付いて来た手代が見本帖《みほんちょう》を手に、秋の菓子を勧めるのはどの店でも同じである。

「あ」

その時、長門が声を上げ、ある菓子の絵を指さした。

「これは……」

一鶴堂の手代がその菓子を確かめ、破顔する。

「〈菊花の宴〉とは、坊ちゃんはお目が高い」

「えっ、菊花の宴……?」

安吉もつい声を上げてしまった。

その因縁の菓子の名は覚えている。実際に食べたことはないし、見たことさえないのだが、話には聞いていた。

安吉が勝手に氷川屋を飛び出して照月堂に身を寄せたため、氷川屋が照月堂に文句をつけ、両店《りょうだな》の間で菓子の競い合いが行われた時のこと。お題となったのは「重陽《ちょうよう》の節句にふさわしい菓子」であった。

その時、照月堂の久兵衛は〈菊のきせ綿〉を作り、氷川屋の重蔵親方は〈菊花の宴〉を作ったという。競い合いでは氷川屋が勝ったが、その後、両店が競い合いの菓子を売り出すのは自然な成り行きである。

だから、先ほど氷川屋へ行った長門たちが〈菊花の宴〉を勧められ、それを買ったのにである。
は驚かなかった。むしろ、自分にもようやく件《くだん》の菓子を試せる機会が来たと嬉しかったの
しかし、氷川屋以外の店で、〈菊花の宴〉が売られているとなれば――。
まさか、照月堂の菓子も盗まれているのではないかと、安吉は見本帖に目を凝らしたが、
それらしいものはない。
「この〈柿しぐれ〉というのもあるんか？」
やがて、長門が一枚めくった後の一葉を見ながら訊いた。
「はい。こちらもお勧めでございます。柿を使って秋を感じられる一品に仕上げているの
が、この菓子の持ち味でございまして」
「ほな、〈菊花の宴〉と〈柿しぐれ〉を二つずつや」
長門がすぐに注文し、「ありがとう存じます」と手代が笑顔で応じた。他に人気のある
品はあるかと与一が問うと、栗饅頭と萩《はぎ》の餅を勧められたので、それも二つずつ買う。手
代が品物の用意をしに下がって行くや否や、与一と政太が待ち兼ねたように口を開いた。
「どないなことどすやろ。どっちも、氷川屋で見た品やおへんか」
「黄身しぐれみたいに、どこの店でも見る品やおへんはずやのに、奇妙どすな」
「柿を使うて秋の味にしとるのが自分とこの持ち味やて、氷川屋の手代も言うてました
な」
安吉は黙り込んでいたが、長門から「あんた」と声をかけられ、我に返った。与一と政

太の口はぴたりと止まり、皆の目が安吉に集中する。

「前に氷川屋にいたと言うてましたな。この件について、何か知らへんのか？」

長門の問いかけに、「柿しぐれは知りませんが、菊花の宴については聞きかじったことがあります」と安吉は低い声で答えた。

「ほな、上野の宿に戻ったら、さっそくその話を聞かせてもらいまひょ」

と、長門が言い、安吉はうなずき返した。


一鶴堂を後にした一行は、買い込んだ菓子のことを考え、目についた蕎麦屋《そばや》で軽い昼餉《ひるげ》を取ると、まっすぐ松乃屋へ戻った。

宿の女中に麦湯を頼み、さっそく車座になって菓子の包みを開く。誰もが〈菊花の宴〉と〈柿しぐれ〉に関心があったので、他の菓子は後回しにし、氷川屋と一鶴堂それぞれの菓子を試すことになった。

宿で借りた皿に、安吉はまず〈菊花の宴〉をのせて、皆に配った。

「見た目はよう似てるな」

長門が両者をじっくりと見定めながら呟いた。

「少しごてごてしてるけど、目を引く菓子にはなってます」

と、与一が評し、

「一鶴堂の方は何や香りをつけてるようどす。氷川屋の方は白餡《しろあん》の風味だけのようやけど」

と、政太が述べた。

取りあえず試してみようと、四人は〈菊花の宴〉を食べ始めた。安吉は氷川屋の方から口をつけた。

（これはうまい。見た目は派手だけど、味は繊細で、何となく照月堂の旦那さんの味を思い出す）

続いて、一鶴堂の方に口をつけると、思わず首をかしげたくなった。

（まずいわけじゃないんだけど、何だか余計なものが入ってる気がする。この甘ったるい香りのせいか）

そんなことを思いながら、安吉は菓子を食べ切った。

「氷川屋の方が断然ええな。ま、完璧というわけやないけど」

というのが長門の評で、与一と政太も同じように感じたと言う。それから、安吉は長門に促され、氷川屋と照月堂の競い合いの件と〈菊花の宴〉との関わりについて語った。

「つまり、〈菊花の宴〉は、その競い合いで作られた氷川屋の菓子なんやな」

「ほな、一鶴堂がその菓子の作り方を盗んだか、真似《まね》して作ったということやろか」

首をかしげて言う与一に対し、

「あるいは、氷川屋の職人がすでに一鶴堂で出ていた菓子を盗んで、競い合いに出したか」

と、政太が指摘したが、安吉はそれはないだろうと思った。誇りある菓子職人ならば、競い合いで余所《よそ》の店の菓子を真似たりはすまいと、長門も言う。

「ほな、真似したんは一鶴堂ということになりますな」

政太が言うのを聞き、安吉はなつめからの便りに書いてあったことを思い出した。

「そういえば、俺が京へ行った後の話なんですが、氷川屋の親方が別の店へ移ったって聞きました」

「それは、〈菊花の宴〉を作った親方のことか」

「そうです。どこの店かは知らないんですけど」

「ほな、その親方が一鶴堂へ移ったことも考えられるんやな」

それなら、作り方が一鶴堂へ流れたのは自然なことであり、一方、氷川屋が作り続けるのも不当なことではない。

「作り上げた新しい菓子が、職人のもんか、店のもんかは、決まってへんしな」

長門の言葉に、奉公人たちは返事を差し控えた。

「まあ、氷川屋の元親方のことは、照月堂はんに行った時に訊いてみればええな」

長門が疑問を振り払うように言い、三人もそれぞれうなずいた。それから、一同は〈柿しぐれ〉を味わった。

「これも、氷川屋の方がええな」

「柿を上手《うも》う使うてますな。せやけど、果林堂の黄身しぐれに比べたら……」

「てんで、お話にもならしまへん」

京の職人たちの評は辛口である。特に一鶴堂はその後もひどい言われようだった。

それから少し間を置いて、桔梗屋の黄身しぐれと栗羊羹《くりようかん》を試した時は、三人とも一様に「悪うない」と言う。

（確かに、桔梗屋さんの菓子は一つひとつが上品に仕上がっていて、うまいんだよな）

奇をてらったものは作らず、その店独自の新作菓子にこだわることもない。これまで長く作り続けられてきたものを作り、その味だけで勝負するような安定した強さがあった。

（でも、照月堂さんは大丈夫だよな）

そう信じつつも、ほんの少しの不安が安吉の胸をよぎっていく。

長門たちの基準は常に果林堂の菓子なのだ。かつて久兵衛と同じ師匠のもとで修業し、おそらく互いに腕を認め合っていたはずの九平治が育ててきた職人たち。今では、そこに宮中の菓子を作り続けてきた主果餅《くだもののつかさ》、柚木家の技が加わっている。

（果林堂を基準にされたら、どこだってきついんだけどなあ）

氷川屋の菓子を自分はうまいと思ったんだけど、と安吉はこっそり考えていた。

四

翌日は日本橋の小さな菓子屋を、翌々日は浅草の菓子屋をいくつか回ったその次の日、長門はようやく駒込の照月堂へ行くと言い出した。挨拶にではなく、偵察と味試しにである。

「あんたは留守番しとき」

安吉は長門から言われてしまった。

「挨拶に出向く際はあんたに案内してもらう。今日は菓子を買《こ》うて来るだけやさかい」

長門の言葉には逆らえない。駒込までは駕籠《かご》で行くというので、安吉は駕籠屋まで供をし、行き先を駕籠かきたちに告げるところで、仕事を終えた。

幸い、駕籠かきたちは駒込坂下町《さかしたちょう》の照月堂と言っただけで、話が通じた。店の前に駕籠をつけるというので、江戸に不慣れな三人でも問題なく行き着けるだろう。

ついでに、駒込の辺りをぶらぶらし、他に菓子屋を見つけたら入ってみるつもりだという。それなら自分も行くと安吉は申し出たのだが、

「駒込とやらをふらふらして、照月堂の人に見つかったらあきまへんやろ」

と、政太から言われ、置いてきぼりを食らってしまう。

三台の駕籠が走り出すのを、安吉は駕籠屋の前で虚《むな》しく見送った。

照月堂の店の横で駕籠を降りた長門は、与一が支払いを終えるのを待ちながら、店の様子をじっと眺めた。

「客の入りはなかなかええようどすが、それにしては構えがえろう小そうおすな」

傍らに立った政太が声をかけてきた。

日本橋の大店は別としても、上野の氷川屋より小さな店である。しかし、九平治から聞いたところでは、ここの主人の久兵衛は稀《まれ》に見る逸材で、京に残っていればそれなりの店の親方になっていただろうという。

それほどの腕を持ちながら、あの程度の店しか持てていないのは、商いの仕方が悪いのか、悪い運に憑《つ》かれているのか。とはいえ、腕はあっても金儲《もう》けにこだわらない人はいるし、それをけなすつもりは長門にはない。そもそも、父の宝山などはまさにその好例だった。

照月堂の商いの状態をよく見てくるようにと、九平治からは言いつかっている。初め長門の江戸行きに苦々しい顔を隠さなかった九平治だが、行かせると決めてからは、あれやこれやと江戸の課題を持ち出してきた。

照月堂に探りを入れるのも一つ。

京の老舗《しにせ》の江戸店を探るのも一つ。

（お義兄はんは果林堂の江戸店を出すことを、考えてはるのかもしれん）

とは、さすがに長門も気がついた。場合によっては、久兵衛にそれを任せたいと思っているのかもしれない。照月堂の商いがそれほど大きくないのであれば、店と職人ごと買い取るつもりかもしれない。

（あのお義兄はんなら、そのくらいやりかねへん）

柚木家を丸ごと乗っ取った時のように――。

それを忌まわしく思う気持ちは今はない。かつてなかったとは言わないが、九平治が宝山を立て、自分を大事にしてくれているのはよく分かっていた。だから、九平治が照月堂を果林堂の傘下に入れたいと考えていて、仮にその通りになったとしても、照月堂の人々は大事にしてもらえるはずだ。

(ま、しかし、乗っ取るなら照月堂やのうて、氷川屋や一鶴堂でもええのやしな)

そんなことを思いながら、長門は政太に目をやった。九平治から言いつけられた内容を、長門は付き添いの三人には話していない。が、おそらく頭の切れる政太あたりは、長門よりもずっと細かく、九平治からの指示を受けているのだろう。照月堂の店前を観察する眼差しは真剣そのものだ。

やがて、駕籠かきへの支払いを済ませた与一が追いついたので、

「ほな、行きまひょか」

長門は先に立ち、店へ向けて一歩を踏み出した。ところが、

「もしや、その菓子屋へお入りになるところですか」

後ろから聞き覚えのない声に呼び止められ、長門は振り返った。同様に振り返った与一と政太の後ろには、いかにも人のよさそうな福々しい笑顔の老人がいる。

「そうどすけど、何か?」

やや警戒心のこもった声で、与一が訊き返すと、

「急に話しかけて申し訳ありません。私はそこの店の隠居で、市兵衛と申します、ちょうど散歩から帰って来たら、お三方の姿が目に入りましてな」

と、相手はにこやかな笑顔を崩さずに言った。その声も物言いも、どんな警戒心でも和らぎそうな親しみのこもったものであった。

「もしや、お三方は京からいらしたのですかな」

市兵衛はさらににこにこしながら言った。

「実は、私もかつて京に住んでいたことがありましてね。いや、その言い回しが何とも懐かしく、耳に心地よい」

京言葉を持ち上げられて、長門は悪い気がしなかった。照月堂の隠居と名乗るからには、例の久兵衛という主人の父親なのだろう。信頼してもよいと考え、長門は市兵衛の前に進み出た。

「ほな、ご隠居はんにお店への案内をお願いしてもよろしおすか」

「それはもう」

市兵衛は長門の申し出に大きくうなずいた。

「遠くから来てくださったお客さまです。お暇がおありなら、ぜひうちの客間でご賞味ください。部屋はご用意させてもらいますので」

「いや、そこまでしてもらわんでも」

「お忙しいのでしたら、無理にとは申しませんが、ご遠慮などはしないでください」

市兵衛の言葉に、長門は与一や政太と顔を見合わせた。もちろん、客間で菓子を食べさせてもらえるのならありがたい。が、そうなれば、完全に顔を覚えられ、改めて九平治の挨拶状を差し出した時、きまりの悪い思いをすることにならないか。

（いや、ご隠居はんに勧められるまま、何も言い出せず、申し出を受けてしまったことにすれば、格好はつくか）

念のために、九平治の挨拶状は持参している。菓子をいただいた後で、「実は……」とおもむろに持ち出せばいい。

与一や政太と打ち合わせをしたいところだが、二人は安吉と違って、上手くその場に合わせた対応をしてくれるだろう。

そう思いめぐらした長門が、いよいよ返事をしようとしたその時、

「失礼ですが、お尋ねしたいことが」

と、市兵衛は言い出した。その目はまっすぐ長門へと向けられている。何となく気圧《けお》されたように、与一と政太が左右に身を退《ひ》いた。それで、長門と市兵衛はまっすぐ向き合う形になった。

「私は無聊《ぶりよう》の慰めに少々占いをいたします。数をもとに行く末を占う梅花《ばいか》心易《しんえき》というものなのですが、あなたが今、思いついた数字を一つおっしゃってくださいませんか」

いきなり、菓子とは縁のない話になった。何も言いなりになる必要はなかったが、その時、長門の頭の中にどういうわけか、数字が浮かんだ。それは「一」であった。

「一や」

気づいた時には口が動いていた。市兵衛はゆっくりとうなずき返す。

「天上天下唯我独尊《てんじょうてんげゆいがどくそん》」

市兵衛は大真面目《おおまじめ》な調子で告げた。何のことかと長門が訊き返すより先に、

「あなたはそういうふうに生きていかれるお人ですな。それで、すべてがうまく回っていく――」

と、市兵衛は続けた。それから、再びにこやかな笑顔に戻ると、

「では、中へご案内いたしましょう」

と、先に立って歩き出した。あっけに取られた長門が与一と政太を見やると、二人は驚きと納得を半々に浮かべつつ、しみじみとうなずいている。長門と目が合うなり、そろってばつが悪そうに下を向いたが……。

「あてらも行くで」

長門はぶすっとした声で言い、市兵衛の後に続いた。

店の中へ入ると、番頭らしき男から「いらっしゃいませ」と出迎えられた。かすかに花の香が漂っている。帳場の近くに菊の花が活《い》けられていることにはすぐに気づいたが、面白いのはいくつかの花に綿がかぶせられていることだった。

「あれは、きせ綿やな」

長門が与一と政太に言うと、「今時、めずらしいどすな」と二人はうなずいた。

「ほんまのきせ綿やないやろ」

「確かに、切り花にするとは聞いたことおへん」

では、なぜああした飾り付けをしていたのかは、やがて市兵衛が見本帖を見せてくれた時に分かった。

この店で今、いちばん力を入れているのが、〈菊のきせ綿〉という菓子だという。三人はその菓子について、昨日安吉から説明を聞いたばかりであった。

（氷川屋との競い合いの菓子やな）

おそらく売られているだろうと思ったが、案の定である。

「これは、今日も用意してもらえるのやろか」

長門が〈菊のきせ綿〉を指して言うと、市兵衛は「大丈夫でしょう」と言い、念のため番頭に訊いてくれた。

「中で召し上がっていただけるよう、話もつけましたが、どういたしますか」

改めて市兵衛から訊かれ、長門は与一らと目を合わせた後、

「ほな、今の菓子を人数分、こちらで頂戴します」

と、答えた。土産として持ち帰る品は改めて注文するということで、長門たちは市兵衛に案内され、奥の客間へと向かった。市兵衛が部屋を出て行ったのを見澄まして、

「どないしまひょ。ご隠居はんに顔を覚えられてしまいましたが」

「旦那はんの挨拶状はいつ渡すおつもりどす？」

と、与一と政太が口々に訊いてくる。

「せやな。まあ、菓子をいただいてから考えまひょか」

長門が言うと、与一と政太は押し黙った。

「〈菊のきせ綿〉は〈菊花の宴〉に負けたという話やったな」

長門が小声で確かめると、与一と政太は「へえ」とうなずく。

「まあ、〈菊花の宴〉も悪うはないけど、目を瞠るほどやおへん。それに負けたんなら、大したことはないのやもしれまへん」

と、与一が続けて言う。確かにそうかもしれないと思いつつ、その程度の職人をあの九平治が認めるだろうかと、長門は疑問を抱いてもいた。

ややあって、「失礼します」と声がかかると、戸が開けられ、筒袖《つつそで》を着た職人風の少年が盆を持って現れた。年齢は長門とさして変わらぬくらいに見える。

店に控えているのも番頭一人で、隠居が客間まで案内するなど、人手が不足している店のようだと、長門は心に留めた。

「〈菊のきせ綿〉でございます」

少年は言い、客人たちに菓子と茶を配っていった。

「この葛が綿なのやな」

見本帖を見た時から、綿に見立てた葛がのっているのではないかと思っていたが、予想通りであった。透けて見える黄菊は煉《ね》り切りで、細かな菊の花びらの細工が念入りに拵えられている。

「これは、葛でなければ作れまへんなあ」

と、政太が口走ったのは、つい葛と寒天を比べてしまい、寒天では綿の柔らかさを表現できないと思ったからだろう。しかし、あまり余計なことを言えば、こちらの素性がばれてしまう。長門が政太に目配せすると、政太は恥じ入るようにうつむいた。

運び役の少年が「ごゆっくり」と言い置いて去るのを待ち、長門は「いただきまひょ」と言い、両手を合わせた。

この菓子は葛と煉り切りを一緒に味わうのが、おそらくいちばんの醍醐味《だいごみ》だろう。そう見極めた長門は黒文字を入れ、両方一緒に口の中へ入れた。

わずかに冷たい葛の表面がつるんと口の中で滑り、菊の花びらが優しく舌に当たったのが分かる。葛の嚙み心地を確かめるうち、餡が舌の上で溶けていく。

「これは……」

どうして氷川屋の〈菊花の宴〉に負けたのだろう。これほどの奥深さを持つ味わいの菓子が――。

菓子から目を上げると、与一と政太がたぶん自分と同じ理由で首をかしげている姿があった。

五

（来ちまった……）

　安吉は駕籠から降り立ち、懐かしい照月堂の店前を見つめた。

　長門たちを見送った後、どうしても一人で宿へ帰る気持ちになれず、駕籠屋の前でうろうろしてたら、

「お兄さん、どちらまで？　安くしときますぜ」

　と、駕籠かきの男から声をかけられた。

「いや、俺は……」

　と、断りかけたのだが、どこへ行きたいのかと続けて問われた時、久兵衛や市兵衛、なつめの顔が浮かんできた。照月堂の人々と再会を果たして、京へ送り出してくれた礼を言いたいという気持ちが胸に迫ってくる。

「……駒込」

　気づいた時にはそう口走っていた。

　それでも「歩いて行けるから」と断り、駕籠かきたちに背を向けて歩き出したのだが、本当に安くしますと付きまとわれ、長門たちより三割安い値段を口にされると、

「それなら」

と、つい乗ってしまった。四人の宿泊や食事にかかる金は、与一がまとめて管理していたが、安吉や政太も一人で使える小遣いを渡されている。大事に使うつもりで取ってあったので、駕籠代くらいは持ち合わせていた。

（長門さまたちに何かあったら困るからな）

駕籠に揺られながら、安吉は自分を納得させた。もちろん長門の邪魔をするつもりはないし、一人で勝手に照月堂の人々に会うつもりもない。ただ店の様子を見に行くだけだ。

（おその小母さん……どうしているかな）

ふと、思いはそこへ及んだ。あまりの懐かしさに、胸が少し痛む。

（こうして会うのを先延ばしにしているうちに、またおそのおばさんがどっかへ行っちまったりしたら――）

冷静に考えれば、そんなことはないと安吉も分かっている。だが、かつておそのが何の前触れもなく姿を消した時の、置いてきぼりを食らったような寂しさを思い出すと、いたたまれない気持ちになった。

やがて、長門たちの到着からやや遅れて、安吉も駒込に到着した。照月堂から少し離れたところで駕籠を降り、用心しながら近付いて行く。店前を注意深く眺めても、長門たちの姿は見当たらないので、店の中にいるところか、立ち去った後かもしれない。

（ここへ来たって、照月堂の皆さんにもおその小母さんにも会えるわけじゃないのにな）

ならば何のために来たのかと自問しながら、安吉はふと首の向きを変えた。その途端、自分に向けられた曰《いわ》くありげな眼差しとぶつかった。

安吉を見つめていたのは、四十路《よそじ》くらいの女であった。何食わぬ顔で立ち去ろうと思うのに、なぜか足から根が生えたようにその場から動けない。

女は安吉に近付いて来た。目は瞬《まばた》きもせず、安吉の顔にじっと据えられている。

「安吉……ちゃん、なの？」

女の唇が震えていた。

その瞬間、安吉もすべてを理解した。見た目は変わっていても声は変わっていなかった。よく見れば、その丸顔には覚えがある。

「おその小母さん……なんですね」

安吉の口が懐かしい名前を紡ぎ出した。

「そうよ、おその小母さんよ。まあ、大きくなって」

おそのは安吉の片肘に手をかけながら、声を詰まらせた。

「京へ行ったって聞いていたけど、どうしてここへ？　あ、江戸へ帰って来たのね。でも、こんなに急に？」

皆さん、どんなに驚かれるでしょう。あなたのことは皆さんから聞いていたのよ。あたしのことはなつめさんが便りで知らせてくれたそうだけど、あなたもさぞ驚いたでしょうね。あたしも安吉ちゃんが照月堂さんでお世話になってたと聞いて、どんなに吃驚《びっくり》したか。

おそのは絶え間なくしゃべり続けた。安吉が口を挟む隙《すき》もない。これまで溜《た》め込んでいた疑問や話したかったことを、とにかく全部吐き出してしまわなければ気が済まないという様子であった。

「お、おその小母さん」

　安吉が押しかぶせるように声をかけると、おそのの口はぴたりと止まった。

「小母さんは、お仕事の途中だったんじゃありませんか」

　おそのは風呂敷包みを抱えている。

「ええ、お客さまへのお届け物のついでに、前に使った食籠《じきろう》を受け取って来たんだけど」

　おそのは半ば上の空といった調子で答えると、

「じゃあ、一緒に行きましょうか」

　と、安吉の横に並び、その背中に手を添えた。

「い、行くってどこへ？　俺は店には入れませんよ」

「どうして？」

　長門たちのことは言えないので、ここはごまかすしかない。

「俺がどういう経緯で照月堂さんを出たか、聞いてないんですか？」

「旦那さんから京へ行けって、お知り合いへの書状を持たせてもらったんじゃないの？」

「最後はそうですけど、その前に、俺、顔向けできないことしちまって」

「ああ。『おせわになりそうろう。きにかけたまうな』って書き置き残して去った時のことね。しかも、大事な筒袖と、あたしが縫ってあげた楊枝《ようじ》入れの袋を置き忘れたまま」

おそのはそう言うと、口もとを押さえて笑い声を漏らした。

「そんなことまで聞いてるんですか」

安吉は恥ずかしくなった。

「でも、照月堂の皆さんは、過ちを認めて心を入れ替えようとする者を突き放したりなさらないわ。京へ発つ時だって、よくしてもらったんでしょ？」

「それは、そうなんですけど」

照月堂の人々の懐かしい顔が浮かんだが、なおも安吉は躊躇《ためら》った。

「取りあえず裏口へ行きましょう。あたしがおかみさんに話をしてくるから、安吉ちゃんはそこで待っていて。それに、ここまで来て挨拶もしない方が失礼よ」

そう言われると逆らい切れず、安吉の足は動き出していた。裏の枝折戸《しおりど》で足を止めると、おそのはそれ以上は勧めず、

「あたしが戻って来るまで、勝手にいなくなるなんていけないわよ」

と、気がかりそうな表情を残しつつも、一人で中に入って行った。ほどなく、おそのの話し声が聞こえてくる。庭で誰かと出くわしたのかと思っていたら、おそのが再び引き返して来た。

「どうしたんです？」

安吉が訊き返すと、おそのが答えるより早く、その後ろから人影が現れた。

「大旦那さん！」

安吉は声を上げた。立っていたのは、安吉が照月堂へ入る時も、去る時も、温かな対応をしてくれた市兵衛であった。

「ご無沙汰してました」

安吉が慌てて頭を下げると、

「元気そうで、まずは何より」

と、市兵衛は相変わらずの優しい声で言った。

「しかしねえ。お前さんがここにいるとなると、あの京から来たお客さんたちと無縁ですってわけにはいかなくなるよねえ」

続けられた市兵衛の言葉に、安吉は仰天した。

「京から来たお客さんって……」

「若い三人組だよ。一人はまだ十五歳にもなってないだろうね」

「そ、それは……」

「まあまあ、お前さんが江戸にいる理由は後でゆっくり聞くとして。まずは、あちらのお客さんたちのところへ行きなさい」

市兵衛は微笑《ほほえ》みながらそう勧めた。おそのはわけが分からないという顔つきだったが、大旦那さんのおっしゃる通りになさい、という目配せをさかんに送ってくる。

「でも、俺は照月堂さんにご迷惑をかけた身ですし」

「お前さんが京へ行く前だって、久兵衛はうちへの出入りを許してたじゃないかね。第一、私が入りなさいと言うものを、断る理由はないだろう」

「ですが……」

「お前さんは、今じゃ京の菓子屋の奉公人なんだろう？　久兵衛とも縁の深い菓子屋さんと聞いている。その店の奉公人としてうちへ上がるのだから、何の問題もないよ」

さらに市兵衛から勧められ、安吉はうな垂れていた顔を上げた。

「さあ」

促されるまま枝折戸をくぐり、長門たちがいるという客間へと案内される。

「〈菊のきせ綿〉をもう一つ、客間へお前さんが運んでおくれ」

市兵衛がおそのに言う声が聞こえた。


長門たちのいる客間へ、安吉が恐るおそる入って行くと、

「何や。どうしたんや」

と、驚かれたものの、駕籠に乗ってからここに至るまでの事情を話すと、

「まあ、あんたのやらかしそうなことや」

と、長門から言われただけで、それ以上のお咎《とが》めはなかった。

三人はすでに〈菊のきせ綿〉を食べ終わっており、どうしてあの菓子が〈菊花の宴〉に負けたのか分からないと言い合っていたところだという。

長門がこれから素性を打ち明けるつもりでおり、九平治の挨拶状もちゃんと携えている

ことを聞いて、安吉はほっとした。

「それより、あんた、おその小母さんというお人に会えたんか。よかったやないか」

与一が安吉の肩をぽんと叩いて、明るく言った。

「せやな。お母はんのおらんあんたに、優しゅうしてくれはったお人なんやろ。江戸へ来た甲斐《かい》があったやないか」

と、政太が言う。二人とも、六道珍皇寺《りくどうちんのうじ》の門前で〈幽霊子育飴《ゆうれいこそだてあめ》〉を舐《な》めながら、安吉が話したおそののことを覚えていてくれたのだった。

それから、おそのが安吉のために〈菊のきせ綿〉を運んで来てくれた。この時は言葉を交わすことはできなかったが、これから江戸に滞在する間は、会いたいと思えばおその小母さんに会うことができる。それを思うと、安吉は胸が温かく満たされるのだった。

安吉は〈菊のきせ綿〉を一口ずつ、じっくりと味わいながら食べた。慎ましやかな美しさと上品さを併せ持つ菓子で、煉り切りと葛の調和が絶妙である。華やかさでは及ばないとしても、この味わいが〈菊花の宴〉に劣るとはやはり思えなかった。

「不正があったか、判定役の舌がおかしかったか、どっちかやろな」

長門は厳しいことを言う。

「まあ、菓子屋以外の人が判定をしたということですから」

安吉に分かるのはそこまでだったが、

「江戸のお人は水道の水で育ったせいで、舌がおかしくなってしもたのやろな」

と、長門が本気で気の毒そうに言うので、安吉は吹き出しそうになった。残っていた茶を飲んでごまかしたところへ、

「失礼します。ご挨拶に伺いました」

という声が聞こえてきた。

（旦那さんのお声だ）

安吉は思わず姿勢を正し、他の皆の表情にも緊張が走った。久兵衛の声の様子からして、すでに市兵衛からこちらの素性についても聞いているのだろう。

「どうぞ」

と、長門が答え、戸が開けられた。

入って来たのは、久兵衛と市兵衛の二人であった。

六

久兵衛が長門の正面に座り、その隣に市兵衛が座を占めると、

「節句に先駆け、見事な菊を堪能させてもらいました。ご隠居はんのお言葉に甘えさせてもろて、御礼申します」

と、長門が挨拶した。

「遠い京からいらした方々にご満足いただけて本当によかった。照月堂の主、久兵衛とい

います」

長門は懐から九平治の書状を取り出すと、久兵衛にそれを差し出して頭を下げた。

「京の菓子司果林堂の主、柚木九平治の弟、長門と申します。くわしいことは、これなる書状に」

久兵衛は書状を受け取ると、「失礼」と断り、その場で読み始めた。しばらくの間、紙の立てる音しか聞こえぬ静かな時が流れた。

ややあって、顔を上げた久兵衛は、

「これによれば、しばらくの間、こちらにおられるという話ですが……」

と、長門に目を据えて訊いた。

「へえ。見るべきもんを、しっかり見させてもらうつもりどす」

長門は落ち着いた様子で答えた。

「その間は、宿屋にお泊まりに？」

「へえ」

「そうか。果林堂のご主人の身内なら、うちに泊まっていただくのが筋なんだが、四人となると、うちも部屋の用意ができん」

「お気遣いだけもろときます。安吉は前に照月堂はんにいたと聞いてますけど」

「ああ。果林堂さんで預かってくれて、本当に感謝していると伝えてくれ」

久兵衛の眼差しがようやく安吉一人に注がれた。

「旦那さん、その節は本当にお世話になりました」

安吉は深々と頭を下げた。

「この書状にお前のこともあった。坊ちゃんの江戸での案内役として付けたということのようだ。しっかりお世話しろ」

「へえ」

安吉は腹に力を入れて返事をした。

それから、長門が与一と政太を改めて久兵衛たちに引き合わせる。挨拶が終わると、久兵衛は再び安吉に目を戻し、

「仕舞屋《しもたや》の連中もお前に会えば喜ぶだろう。暇ができたらそうしてやってくれ」

と、目もとを和らげて言い添えた。

「おそのさんともこれからゆっくり話をすればいい。お前との縁を聞いた時には驚いたもんだが……」

「ぜひそうさせてもらいます」

安吉は元気よく答えた後、

「あのう、なつめさんにお会いすることは、今日は難しいですかね」

と、遠慮がちに続けた。厨房の仕事があって忙しいのは分かるが、京生まれのなつめに長門たちを引き合わせたい気持ちもあったし、何より顔だけでも早く見たい。

ところが、安吉の言葉に、久兵衛と市兵衛は顔を見合わせた。

「今日、会うってえのは難しいだろうよ」

と、久兵衛は告げた。

「厨房がよほどお忙しいんですか」

「いや、なつめはここにはいねえんだ」

「えっ、なつめさんに何かあったんですか」

安吉は驚いて目を見開いた。

「いや、何かあったわけじゃねえ。ご一緒にお住まいの了然尼さまが上落合村に引っ越されたんでな。なつめも一緒に行ったんだ。ただ、あそこからじゃ、うちには通えねえんで、辞めざるを得なくなった」

「そんなことが……」

突然の話に安吉が何も言えずにいると、

「幸い、厨房には見習いが入ったんでな。俺と二人でやってる。なつめもうちは出たが、時々やって来るし、菓子作りの道をあきらめたわけじゃねえよ」

という久兵衛の話に、安吉はひとまず安心した。

「あの、上落合村のどこか、ご存じなら教えていただきたいのですが」

安吉が頼むと、

「うちの中じゃ、おそのさんがそこへ行ったことがあるから、くわしく聞くといいよ」

と、市兵衛が教えてくれた。安吉がほっと息を吐いたところへ、

「あのう、少しええどすやろか」

長門が安吉たちの会話に割って入った。

「なつめはんというお人のことは、前に安吉から聞いてたと思うんやけど、それより今、了然尼さまと言わはりましたか」

「ああ。言ったが……」

久兵衛は首をかしげた。

「なつめはんと了然尼さまとは、どないな間柄なんどすやろか」

「なつめは了然尼さまの養女みたいなもんだと聞いてるが……」

長門がはっと息を呑《の》んだ。

「あてはこの度、父から江戸の知り合いへ宛《あ》てた書状を預かってきてます。居場所は分からへんけど有名なお方やさかい、何とか行き合えるかもしれんということで……。それが了然さまという尼君どす。その方は、かつて東福門院さまにお仕えしていたお方で間違いのうおすか」

「ああ、そう聞いてるな。とにかく尊いお方だ」

久兵衛はあまりの偶然に目を瞠《みは》り、安吉も声を出せぬほど驚いていた。

「ほな、あてもそちらへ伺わなあきまへん。お父はんの書状を届けなあかんさかいな。安吉がその……何とか言うところへ行く時には、あても一緒に行く」

「へ、へえ。分かりました」

安吉はがくんがくんと首を動かした。

「そう言えば、坊ちゃんの柚木家は宮中の菓子作りをしておられるんだったな」

思い当たったふうの久兵衛の言葉に、長門がうなずく。

「そうどす。父と了然尼さまとは昔、宮中で交流があったと聞きました。いくら高名なお方といっても、どこに暮らしてはるかも分からんさかい、半ばはあきらめてたんどすが」

「そりゃあ、よかった。何なら、おそのさんに付き添ってもらえばいい」

ということで話はとんとん拍子に決まり、長門と安吉はおそのの案内で上落合村へ了然尼となつめを訪ねて行くことになった。

「ところで」

と、その話が済んだところへ、久兵衛が九平治の書状を取り上げて切り出した。

「この書状には、柚木の坊ちゃんに寒天を持たせたって書かれてるんだが……」

「へえ」

それまで猫をかぶっていた長門の顔に、してやったりというような笑みが浮かぶのを、安吉は横で見つめていた。

「料理に使うと聞いたことはあるんだが、実物は見たことがねえ」

「もちろん旦那はんにはお見せします。今日は生憎《あいにく》持って来てまへんが」

「それはありがたい。で、ここには、その寒天で菓子を作るのにも成功し、店で売り出したところ、えらい評判を取ったともあるんだが」

「……大方はそないなとこどす」

「面白い。その菓子を――いや、作り方を見せてくれとは言わねえが、食べさせてもらうことはできねえだろうか。もちろん、うちの厨房を使ってくれていい」

「それはかましまへんが」

もともと九平治からは寒天を見せつけてやれと言われている。長門の承諾を受け、久兵衛が「なら、次にうちが休みの日に」と話をまとめかけたところへ、

「厨房を丸一日貸してもらう必要はおへん」

と、長門は言った。

「こちらのお仕事が終わった後、夕方の半刻（約一時間）ほども貸してもらえれば」

「半刻でいいのか」

久兵衛は驚きの表情を隠さなかった。

「厨房での作業は長うかかりまへん。ただ、それからええ具合になるまでに数日かかるんで、菓子の置き場所が必要やけど」

「分かった。暖かさや湿り気の具合もあるだろう。どんな場所が望ましいか、後でくわしく教えてくれ」

久兵衛はきびきびと答えた。

その後、食べ頃を迎えるまでに日数が要るなら、厨房での作業は早い方がよかろうという話になり、翌々日の夕七つ時（午後四時頃）からと決まった。

「何やら思いもかけぬ話になってきたね」

　にこにこしながら言う市兵衛の笑顔を、安吉は懐かしい思いで見つめた。そして、寒天菓子を目にした時、口にした時の久兵衛の反応を思いやり、期待に胸を大きく膨らませた。

　その後、安吉は市兵衛に勧められ、ちょっとだけでも仕舞屋へ顔を出し、挨拶して行くことになった。

「もしお暇があるなら、お三方もご一緒に」

　市兵衛から柔らかく言われると、何となく断れぬ気分になるのか、長門たちも一緒にということになる。

「安吉お兄ちゃんだあ」

　亀次郎の手厚い歓迎を筆頭に、安吉はおまさや子供たちの笑顔に迎えられた。おそのとも改めて再会を喜び合い、引き止められるままつい長居をしてしまう。その間、長門が退屈していやしないかと、安吉は気を揉《も》んだが、長門はいつの間にやら郁太郎と静かに話を交わしていた。亀次郎や富吉は少々年も離れており、長門を少し怖そうなお兄さんと見たようだが、郁太郎とは年の差も三つ違い。今年から厨房へ出入りするようになった郁太郎のあれこれの問いかけに、長門は面倒くさがりもせず答えてやっている。ややあってから、

「帰りに、ここの菓子を買うて帰るんやけど、何がお勧めやろ」

　と、長門は郁太郎に尋ねた。郁太郎は少し首をかしげていたが、

「子たい焼きです」

　と、自信を持って答えた。

「それはどないな菓子や」

　郁太郎は辰《たつや》焼きからたい焼き、そして子たい焼きが生まれた経緯をくわしく語った。子たい焼きがただたい焼きを小さくした菓子ではなく、ふんわりとした皮に工夫があり、冷めてもおいしく食べられると聞いた長門は興味を持ち、

「ほな、それをもろうていきまひょ」

　と、帰りがけには店で子たい焼きを買い求めた。他に、番頭の太助に勧められた〈望月《もちづき》のうさぎ〉と饅頭も包んでもらう。

　日も暮れかけた頃、上野の松乃屋へ戻った四人は、さっそく味見を始めた。

「これは、うちの最中の月に口当たりもやわらかさもよう似てますな」

　と、政太が望月のうさぎの感想を述べる。

「というより、最中の月にうさぎの格好をさせた品やな」

「口当たりが同じなら、見た目、かわいいのはお得ですよね」

　久しぶりに照月堂の菓子を食べ、うきうきして口を滑らせた安吉は、すぐにしまったと後悔した。今の発言は、果林堂の最中の月が見た目で劣ると聞こえたかもしれない。どんな長門の嫌みが飛んで来るかと肝を冷やしたが、不思議なことに何も飛んで来なかった。

　長門はすでに望月のうさぎを食べ終え、子たい焼きを食べながら考え込んでいたのであ

る。

「これは……饅頭や餅菓子とはまるで違う口当たりやな。これに似た菓子はちいと思いつかへん」

「確かに……」

与一と政太も子たい焼きを口にし、唸《うな》った。

「小麦の粉に卵を入れてるんやろけど。白身はよほど念入りに泡立ててるんやろなあ」

長門は他の者に聞かせるというでもなく呟いている。ややあって、菓子を食べ終えると、

「これは負けてられへんな」

と、長門は言い出した。

「おっしゃる通りどす。京の旦那はんの面子《メンツ》もかかってますさかいな」

と、与一が力のこもった言葉を添える。与一も政太もこれまでにないやる気をみなぎらせていた。

その翌日、果林堂の面々は菓子屋めぐりはせず、寒天菓子作りに備えることになった。寒天以外の食材は照月堂の厨房のものを使わせてもらえることになっていたが、

「今日は乾物屋へ行く」

と、不意に長門が言い出したため、安吉らはそろって供をする。

「色付けで試したいことがあるのや」

長門の双眸《そうぼう》にはやる気ばかりでなく、この事態を楽しむような弾みの色が備わっていた。宝船の寒天菓子は水飴を使って、透き通った薄茶色を出しているが、

「〈宝船〉と銘打つ以上、黄金《こがね》を思わせなあかんやろ」

と、長門は言う。もっとはっきりした色合いを出すべく、一軒目の乾物問屋で梔子《くちなし》を買い求めた。他の乾物問屋や飴屋もめぐり、質のよい砂糖と水飴も買っておく。乾物問屋では寒天が出回っているかどうかも確かめたが、扱っている店は見当たらなかった。

一通りの買い物を終えて宿へ戻り、翌日には万全の支度を調《ととの》えて、再び照月堂へ。この日はすぐに厨房へと案内された。中はすでに片付けられ、道具類も目につきやすく置かれている。

「ほな、始めるで」

長門のふだんより明るいかけ声で、作業が始まった。

まず寒天を水でふやかした後、湯で溶かし、水飴と砂糖で味を調える。今日はここに梔子を加え、山吹色《やまぶきいろ》の明るさを出すことになっていた。梔子を入れない淡黄色のものと、半々の分量で拵えるという。次に、棹状《さおじょう》の器に入れて、井戸水を取り換えながら冷ましていく。長門、与一、政太の手際はいつも通り滑らかであった。

寒天が固まるまでの間に、砂糖をすり鉢で細かくしておく作業が入るが、これは安吉の仕事である。

その後、固まった寒天を器から取り出し、一口大の大きさに切った後、表面に砂糖をま

ぶしていき、ひとまずの作業は終了。梔子を加えたものは長門の思惑通り、輝くような山吹色だ。

　作り上げた寒天は久兵衛と相談の上、店の客用の一間《ひとま》に寝かせてもらうことになった。一日に何度か風通しをよくすることは、三太が責任を持って約束した。

　安吉たちが再び照月堂を訪ねたのは、五日後のことである。この日、安吉は九平治から持たされた船の器を持参した。

　皆で寒天の具合を見せてもらうと、表面の砂糖はいい具合に馴染んでいる。これならば、しゃりしゃりというあの食感が楽しめるはずだ。そして、梔子を加えた寒天は黄金色の輝きを放っていた。

　久兵衛一家と照月堂の奉公人たちを前に、いよいよ寒天菓子がお披露目となる。

　黄金色と淡黄色の寒天菓子は取り混ぜられ、船の器に丁寧に盛りつけられていた。

「きらきらしてる」

「お船にお星さまが乗ってるみたい」

　子供たちの上げる歓声が安吉の耳に届き、思わず笑みがこぼれそうになる。

「菓銘は何ていうんだ」

　久兵衛の問いに、長門が「〈宝船〉どす」とおもむろに答えた。

「そりゃまた、この見た目に持ってこいの名だな」

　久兵衛が感心した様子で、唸るように呟いている。

その後、政太と安吉が小皿に菓子を取り分け、黒文字を添えて皆に渡していった。

「では、いただこうか」

久兵衛の言葉で、人々はいっせいに黒文字を取る。一口大の菓子がそれぞれの口にぱくっと収まり、その後はしゃりしゃりという食感に、皆が目を瞠るのが分かった。

「見た目は葛のように透明だが、まったく違う……」

「舌に当たる粒の具合が不思議と心地いいんだね」

久兵衛と市兵衛が口々に言った。

「まったく、癖になりますな」

「こっくりしているのに軽やかな味わいですから、いくらでも食べられそうで」

照月堂の人々の上げる感嘆の声が、次々に耳を打つ。それを聞く度、安吉の胸は嬉しさと誇らしさに満たされていった。

「宝船は福を運ぶっていうからね。この菓子が福そのものなんだろうねえ」

市兵衛の言葉に、菓子を食べた人々がしみじみとうなずくのを見た時、安吉の胸の底から温かいものが込み上げてきた。

「長門お兄さん」

郁太郎がいつしか長門の隣に来て、その顔を見上げていた。

「おいしいお菓子をありがとうございます」

にこにこして言う郁太郎の眼差しには、憧れの色がこもっていた。

「おいらもお兄さんみたいな職人になりたいです。しっかり励めば、お兄さんの年の頃にはそうなれますか」

無邪気な言葉に対し、長門はすぐに返事をせず、郁太郎からふっと目をそらした。

（まさか、ご機嫌を損ねられたのか）

安吉ははっとする。長門の特別な出自を郁太郎は知らないのだから仕方ないが、長門のようになりたいと言うのは不遜《ふそん》と取られたのではないか。慌てた安吉は二人の間に入ろうとしたのだが、それより一瞬早く、

「なれるやろ」

少しぶっきらぼうな長門の返事が聞こえてきた。

「あんたはあての時より二年も早く、厨房へ入ったんやから」

安吉はまじまじと長門を見つめた。いつしか、長門は郁太郎に目を戻しており、その口もとには安吉の初めて見る純粋な笑みが刻まれていた。

第四話　新六菓仙

一

　照月堂で皆がそろって長門の作った〈宝船〉を味わった頃には、暦は変わって九月を迎えていた。久兵衛は長門に、

「了然尼さまのもとへは、ぜひこの〈宝船〉を持って行ったらいい」

　と勧めた上、なつめにも見せてやってくれないかと頼んだ。

「この寒天の命名をしたんは、黄檗宗《おうばくしゅう》の祖、隠元《いんげん》上人どす。上人さまは、寒天が精進料理にええ食材や、と言わはったのやとか」

　長門の言葉に、久兵衛は思わず唸《うな》った。

「てことは、寒天は黄檗宗と縁の深い食材ということだな」

　寒天そのものも了然尼さまのお目にかけるつもりだと長門は答え、寒天菓子が食べ頃の

乾き具合のうちに上落合村へ訪ねて行くことになった。

おそのは喜んで案内役を引き受けた。その日は照月堂を休むことになるが、おまさはいつでもかまわないと言う。そこで、翌々日の九月四日をその日と決め、安吉は上野の松乃屋の場所をおそのに伝えた。

当日の四日。重陽《ちょうよう》の節句を数日後に控えたその日は、美しい秋晴れとなった。おそのは張り切って、朝早くから松乃屋へやって来たのだが、

「お支度、手伝いましょうか。何なら、長門坊ちゃんのお召し替えも――」

などと言い出したので、安吉は慌てた。

「長門さまのお支度は、いつも政太さんがちゃんとお手伝いしてますから大丈夫です」

「なら、安吉ちゃんのお手伝いをあたしが……」

「何言ってるんですか。小さな子供じゃあるまいし。それに、安吉ちゃんっていうの、さすがにやめてくださいよ」

ずっと言いそびれてしまったことを、安吉はやっと口にしたのだが、

「あら、どうして?」

おそのは不思議そうに首をかしげた。

「どうしてって、俺、もう二十歳《はたち》を超えてるんですよ」

「でも、あたしが安吉って呼び捨てにするのもねえ。といって、安吉さんなんて、何だか呼ぶ度に笑っちゃいそうで」

そう言われると、確かにその通りかもしれない。結局、うやむやになってしまった。

皆の用意が調《ととの》うと、一行は出発した。秋晴れのすがすがしい天気なので、ひとまずは駕《か》籠《ご》を使わず歩いて行くことになった。了然尼に献上する調理前の寒天と〈宝船〉の風呂敷包みは、安吉がしっかりと持っている。

「そういえば、了然尼さまと一緒におるなつめはんというお人のこと、少し聞いておきまひょか」

不意に長門が切り出したのは、四半刻（約三十分）も経《た》った頃のことであった。

「女子《おなご》で菓子の職人なんて、あまり聞かへんけど」

「へえ」

安吉はうなずいた。与一と政太も興味深そうな表情を浮かべ、耳を傾けているようだ。

「照月堂のご主人も、何や気にかけてはるふうやったし、よほど才のあるお人なんか」

「ええと、俺はなつめさんがちょうど厨房《ちゅうぼう》での仕事を始めた頃、京へ発《た》ってしまいましたんで、あんまりよく知らないんですよね」

安吉は少し前を行くおそのに声をかけた。

「おその小母《おば》さんは俺よりくわしいんじゃありませんか」

「なつめさんの腕前のこと？」

おそのは少し歩を遅らせながら、肩越しに振り返り、

「あたしも厨房に入ることはないから、くわしくは知らないけど、おかみさんや三ちゃん

からは、しっかり旦那さんを支えていたって聞いてるわ」

と、答えた。

「そのなつめはんは菓子屋の娘とか、菓子職人の娘なんか？」

続けて長門から問われ、安吉は「どちらでもありません」と答えた。

「女子で職人というだけでめずらしいのに、その手の家の娘でもないいんは妙やな」

と、長門は首をかしげている。

「ええと……」

安吉自身は、なつめが厨房の手伝いを始めた時、そのことをさほど奇妙には思わなかったが、この反応がふつうなのだろう。まして、由緒ある柚木家の長門には、これまでの伝統や習いに反する行いと見えているのかもしれない。

（なつめさんはもともとお武家の出だったんだよな）

しかも、その主君であった二条家は果林堂の上客でもある。今がどうあれ、失礼があってはならない相手と、長門や与一らは思うだろう。後から、なつめの素性を知った彼らに、気まずい思いをさせてはならない。

（お兄さんや田丸さまのことだけは、うっかり口を滑らせないように注意して、と――）

安吉は心の中でそのことを確かめ、

「なつめさんの素性のことなんですが、果林堂とも無縁の人じゃないいんです」

と、切り出した。

「それはどないな意味や」

長門は安吉の方へ向き直った。

「二条さまは、果林堂の大事なお客さまですよね」

「もちろんや。果林堂の上客というだけやのうて、代々、柚木の家にも目をかけてくださってる大事なお公家さまや」

長門は確かめるように、後ろの与一と政太を振り返った。

「そうどす。厨房で耳にする限りでも、二条さまからのご注文と指示されることは多うございました」

「ひと月に少なくとも二度、茶席を多く開かれる時は連日ということもありましたな」

与一と政太が口々に言う。

「なつめさんはその二条さまにお仕えしていたお武家の娘さんなんです。ご両親は亡くなっていて、お家はもうないそうですけど……」

家名を尋ねられると困るので、それ以上のくわしいことは自分も知らないと、安吉は先に言っておく。

「何やて。それを早う言わんか」

長門が目を瞠《みは》って言う後ろでは、与一と政太が目を丸くしていた。

「ほな、なつめはんはお武家のお姫さんいうことやな」

「へえ。たぶん……」

その頃の姿を見たわけじゃないので、自分も想像できないのだが、と続けた安吉の言葉は「ええっ」というおそのの声に遮《さえぎ》られた。

「なつめさんがお武家のお姫さま？」

おそのは立ち止まって振り返ると、安吉の目をのぞき込みながら訊き返した。

「ええ、そう聞いてますが、おその小母さんは何も？」

「京の生まれでご両親が亡くなったってことや、了然尼さまと一緒にお暮らしだってことは、おかみさんから聞かされたわ。了然尼さまがたいそうご立派な方だってこともね。どういうご事情で一緒にお暮らしなのかしらって思ってはいたけど」

と、一気にしゃべり尽くすと、おそのは何やら考え込んでしまった様子である。そこへ、

「武家にも上下はあると思いますが、二条さまにお仕えしてたなら、それなりに古いお家なんやないどすやろか」

と、与一が言うと、長門は「せやな」とうなずいた。

「二条さまのお口利きで官位もいただいていたようなお家かもしれへん。失礼のないようにせなあかんな」

それにしても――と長門は安吉にあきれた目を向けた。

「あんたが自分の同輩みたいな口を利くせいで、そないなお人とは思うてもみんかったわ」

「相手がお武家の出自と知ってもなお、ああした口を利けるのが安吉の恐ろしいところで

すわ」

政太が皮肉のこもった声で言う。

「え、そうですか」

安吉はきょとんとしたが、おそのがどことなく打ち沈んだ様子なのが気になり、今度は安吉の方からその顔をのぞき込んだ。

「おその小母さん、どうしたんです？　歩き疲れたんですか」

安吉が尋ねると、長門が「ほな、この辺りから駕籠を使いまひょか」と気遣いを口にした。

「いえ、あたしは平気です。ちょっと驚いただけで」

おそのは我に返って言い、再び先頭に立って歩き出す。

「小母さん、あまり無理しないでくださいよ」

安吉は声をかけたが、おそのからの返事はない。

「なつめさん、そんなお家のお姫さまだったなら、安吉ちゃんとはとうてい……」

おそのはぶつぶつ独り言を呟《つぶや》いている。安吉はわけが分からず首をかしげた。

二

本郷で駕籠屋を見つけた一行は、そこから上落合村まで駕籠で行き、その後、収穫を終えた一面の田んぼが広がる道を歩いて進んだ。

上落合村はその東と北に川が流れており、その両者が落ち合うことから、その名前がついたという。

「北側の水が井草川《いぐさがわ》といって、東側が神田上水堀だそうです」

前に来たことのあるおそのが説明しながら、建造中の寺地へと進んで行く。二つの水流が落ち合う地点からは南西の、神田上水堀に沿った田んぼの西側に寺地はあった。

「庫裏《くり》は先に完成していて、了然尼さまたちはそちらでお暮らしなんです。今は本堂の建造中だそうで、木槌《きづち》や鋸《のこび》引きの音はそれでしょう」

おそのの話を聞くうちにも、それらの音がしだいに大きくなっていく。寺地の周囲に塀や垣根などはないため、どこからが寺の土地なのかは不明なまま進んで行くと、徐々に人の姿も目に付くようになってきた。

本堂の建造作業が進む脇を通って、さらに奥へと進むと、木槌の音も遠のき、静かな一角へ出た。庫裏と見える建物の前に子供たちが群がっている。

安吉たち一行が近付くと、気づいた子供たちがてんでに散り、奥にいた人の姿が目に入ってきた。

それが、なつめであった。

「おそのさん」

先になつめの方から声がかかる。見知らぬ人々が一緒であることに、なつめは不思議そ

うな表情をしていたが、すぐに満面の笑顔になると、

「安吉さん⁉」

と、呼びかけてきた。以前と変わらず明るいなつめに、安吉は懐かしさと晴れ晴れした心地を覚えた。

「ああ。照月堂でなつめさんがこちらだと聞いてね。お店を辞めたと聞いて、驚いたの何のって」

と、まずは伝えた。

「それで、なつめさんのところへ案内するようにって、あたしが言われたんですよ」

おそのが横から口を添える。なつめとの再会を果たし、つもる話が出かかったが、まずは長門たちを引き合わせなければならない。

「ええと、なつめさん。こちらは、俺が京でお世話になってた果林堂の坊ちゃんの長門さま、その付き添いで職人の与一さんと政太さん」

「まあ、京からこちらへ？」

なつめは驚きの声を上げながら、「まずは中へどうぞ」と勧めた。

「あてはかつて宮中にお仕えしてた柚木宝山の一子どす。実は、了然尼さまへの書状を預かっておりまして、お目通り願えますやろか」

案内に立とうとするなつめを引き止め、長門が言った。

「はい、承知いたしました。柚木宝山さまですね」

そう応じたなつめはまず一同を客間へ案内し、自らはすぐに立ち去った。

「俺、尼君にお会いするのは初めてなんですよね。お話に聞いていただけで」

安吉が言うと、おそのが「安吉ちゃん」とその袖《そで》を引いた。

「あなた、了然尼さまのお顔の傷のことは知っているの？」

と、声を潜めて問う。

「お顔の傷？」

きょとんとする安吉に、おそのはさらに小さな声で説明した。

「了然尼さまは白翁道泰《びゃくおうどうたい》さまに弟子入りを望んだ時、お美しすぎるせいで一度は断られたのですって。他の僧侶の修行の妨げになるから、という理由でね。すると、そのお顔を焼き、もう一度お頼みに行ったそうなの。弟子入りは果たされたのだけれど、その火傷《やけど》の痕《あと》はお顔に残っていらっしゃるわ」

「分かりました。失礼のないようにとのことですね」

安吉はうなずき、与一と政太も心得た様子で顎《あご》を引いた。

「お顔に傷……？」

と、訝《いぶか》しげな声を上げたのは長門で、その話は父の宝山からも聞いていなかったと見える。しかし、その反応はこの話を初めて聞いた人のようでもない。

「どうかしましたか、長門さま？」

安吉が尋ねると、

「いや、似てる話を、お父はんから聞いたことがあってな。別に了然尼さまのお話として聞いたわけやないんやけど」

　と、思いに沈んだ表情で呟くのを聞き、安吉も以前、長門から聞いた話を思い出していた。あれは、長門に女郎花塚《おみなえしづか》へ連れて行ってもらった時のことだ。

　長門は子供の頃、父の宝山に女郎花塚へ連れ出され、許されぬ恋に落ちた男女の話を聞かされたという。女郎花のように美しい女は顔を焼き、悲しんだ男は女郎花塚の前で、目を潰したという悲しい恋の物語だ。長門はその時のことがきっかけで、今も果林堂で作っている〈女郎花《おみなめし》〉という菓子を考案したのであったが……。

（顔を焼いた理由が違うけど、確かに似てるよな。顔を焼く女の人なんて、めったにいるもんじゃなし）

　長門にその話をした宝山が、了然尼と旧知であったことも、何となく引っかかる。長門が気にかかっているのもそのことだろう、と思い至った時、

「失礼します」

　と、柔らかな女の声が戸の外から聞こえてきて、安吉は姿勢を正した。

　現れた尼姿の女人は美しい所作で、長門の前に座った。安吉はちらと見ただけで目を伏せたが、おそのから告げられた通り、顔の左半分の火傷の痕は痛ましい。しかし、伏せた目の奥にそれ以上に焼き付いたのは、右半分の美しい顔立ちの方であった。それも、生身の女人の美しさというより、天女のような美しさと、安吉には思える。

了然尼の後に続いたなつめと奉公人らしい女が、客人たちに茶を配ってくれた。

「おたくさまが柚木の宝山さまのご子息どすな」

了然尼がまず長門に目を向けて言い、長門は父から預かった書状を差し出して「柚木長門と申します」と名乗った。

「書状を預かって来たとはいえ、広い江戸のどこにお住まいか存じませず。こないしてお目にかかれて光栄どす」

長門が挨拶《あいさつ》する姿を、了然尼は目を細めて見つめていた。その目の奥には、初対面の者に対するのとは思えぬ親しみと懐かしさがある。

「ほんに、ようここまでお越しくださいました。宝山さまのご子息にこないしてお会いできようとは、まるで夢のようどすなあ」

了然尼は穏やかな声で言いつつ、長門から渡された書状に目を通し始めた。昔馴染《むかしなじ》みからの思いがけぬ消息に、了然尼の静かな横顔は時折、過去に思いを馳《は》せるようにかすかに揺れる。

その間、客人たちは勧められた熱い茶で喉を潤していた。

「宝山さまによれば、皆さまは江戸でご研鑽《けんさん》を積むために来はったそうどすが」

「はい。ここにおるもんは皆、寒天を使うた新しい菓子作りに励んでるところなんどす」

長門からの目配せを受け、安吉は携えてきた風呂敷をほどき、寒天の紙包みと〈宝船〉を取り出した。果林堂で売っていた時のように、船の器に盛りつけた菓子が零《こぼ》れ落ちないよう上から紙でしっかりと包んである。安吉は包み紙を取り除き、それらを長門の前に置いた。

「こちらが寒天菓子と、もとの寒天どす。寒天は隠元上人がその名付け親になったと言われてまして、精進料理によいと使われるようになった食材どす」

長門が了然尼の前にそれらを差し出すと、傍らのなつめが進み出て受け取った。

「何てきれいなんでしょう。船の上で宝物が輝きを放っているようです」

なつめが歓声を上げる。

「そちらは、皆さまが照月堂の厨房《ちゅうぼう》でお作りになられたのですが、坊ちゃんたちはお星さまのようだとはしゃいでいらっしゃいました」

おそのの言葉に、なつめはにっこりする。

「坊ちゃんたちのはしゃぐ姿が目に浮かぶようです」

「それは〈宝船〉といいます。よろしければ、さっそくいかがどす？」

長門に勧められ、了然尼となつめはうなずき合った。なつめが取り出した懐紙《かいし》に菓子をのせ、了然尼に手渡す。なつめも同じようにして菓子を取り、二人は寒天菓子を一つずつ口に運んだ。

時を置いて固まった寒天の表面と、ひたすら細かくした砂糖によって引き出される、しゃりしゃりっという食感を味わっているのが分かる。

「これは……これまでに味わったことのない舌触りです」

なつめが声を昂《たかぶ》らせて言い、

「おいしゅうおすな。ほんま、貴重な宝を頂戴いたしました」

了然尼が満ち足りた笑みを浮かべて言う。

「勿体《もったい》ないお言葉どす。たいそうな名を付けましたが、まだまだ名前負けしてますさかい、もっと改良が要《い》ります。そのための研鑽も兼ねて江戸へ下りました」

長門の言葉に、了然尼は軽くうなずくと、

「宝山さまの書状によれば、長ければ今年いっぱいはこちらにいはるとありますが」

と、長門に問うた。

「はい、そのつもりどす」

「その間は、どちらにお泊まりどすか」

「今は上野の宿屋におりますが」

長門が答えると、

「その間、ずっと宿屋に泊まり続けるのやと、お宿代がかかるのやおへんか」

と、了然尼はさらに問うた。宿代を自分で支払ったことのない長門が、後ろに控える職人たちにちらと目を向ける。

「路銀は十分に渡されております。また、万一足りなくなれば、京へ知らせるよう言われてますさかい」

金の管理をしている与一が長門に代わって答えた。

「せやけど、路銀は研鑽のためにこそ使わはるのがよろしおすやろ。もし、こないな江戸の外れでもええと言わはるのなら、この庫裏は部屋が余ってますさかい、使うてくれてええのやけど」

と、了然尼が言うと、「それはいいですね」とすかさずなつめが続けた。

「お布団などは借りればいいですし、宿代よりはかからないはずです」

長門がすぐには返事をしないでいると、

「照月堂の旦那さんも、手狭なせいでお世話できないことを心苦しいと言っておいででした。こちらに落ち着かれれば安心なさると存じます」

と、おそのが小声で言い添えた。

「しかし、突然ご迷惑やおへんか」

長門が尋ねると、了然尼は頭を振った。

「それは気にせんといておくれやす。江戸の町中《まちなか》へ出るのに少々不便ということが気にならへんのなら、ぜひそないしてもらいとうおす」

了然尼の申し出を受け、長門は「どうや」と安吉たちの方を見た。

「外れというても、駕籠を使えばさほどはかかりまへんし、長門さまさえよろしければ」

与一は賛成し、政太と安吉にも異論などなかった。

「ほな、まだ行ってへん訪問先を大方回り終えたら、ありがたくこちらにお世話になることにいたします」

と、長門は返事をした。

「よろしゅうお頼み申します」

長門に続いて、与一たちも改めて頭を下げた。

了然尼は移る日取りなどはなつめと相談してほしいと言い置き、先に下がって行った。

「お布団の手配が必要ですよね。もしかしたら、ご近所の方や信者さんから借りられるかもしれませんし、そうでなければ損料屋《そんりょうや》の手配を頼みましょう」

ここで働いている正吉に、いつ頃までに手配できそうか尋ねてみると言い、なつめはいったん部屋を出て行った。しばらくして、先ほど茶を運んだ女と一緒に戻って来ると、布団の件は今調べてもらっていると告げた後、

「こちらは正吉さんのお連れ合いで、お稲さんといいます」

と、お稲を皆に引き合わせた。お稲が茶を淹《い》れ換えて出て行くと、

「安吉さんが急に帰って来るなんて、本当に吃驚《びっくり》したわ」

と、打ち解けた様子になって、なつめは安吉に笑顔を向けた。

三

その後、安吉が京での暮らしを、なつめが上落合村での暮らしを、それぞれ簡単に報告し合った後、

「安吉さんがちゃんと職人の修業を続けていると知って、安心したわ」

と、なつめは微笑《ほほえ》んだ。

「なつめさんこそ菓子作りをやめてなくて、ほっとしたよ。照月堂にいないと聞いた時は、本当に驚いたんだから」

と、安吉は安堵《あんど》の息を吐《つ》きながら言う。

「あのう、先ほど了然尼さまに差し出された寒天は、こちらで使ってもよろしいのでしょうか」

なつめは長門に目を向けて問うた。安吉からの便りに書かれていたから、長門のことはなつめも会う前から知っていた。思っていたより弱年だが、それでいて堂々とした受け答えに感銘を受けたばかりである。

「へえ。さっきも言うたように、精進料理に使《つこ》うてもええどすし、お嬢はんが菓子にしはってもええどす」

冷たいと感じるほどではないが、長門の物言いは淡々としている。表情もあまり変わらず、子供を相手にしているというより、一人前の大人を相手にしている気分であった。

「できれば、菓子作りに使わせてもらいたいのですが」

なつめは熱意のこもった声で言い、

「ぜひ扱い方を教えてくださいませ」

と、長門に頭を下げた。

「扱い方なら安吉かて心得てますさかい、こっちに移って来てから、ゆっくりお訊きになったらええどす」

「まあ、安吉さんが……」

なつめが感心して安吉を見ると、

「えっ、俺が教えるんですか」

と、安吉は少し腰が引けたふうな態度を見せた。

（あら、以前の安吉さんなら、何でも俺に訊いてくれって大口を叩《たた》いたでしょうに……）

京で修業に励むうち、ずいぶん変わったようだと、なつめは思った。そのいちばんの原因はこの長門と出会ったことではないかと、何となく想像される。

「何を言うてるのや。寒天を煮溶かして固めるやり方くらい、あんたかて心得てるやろ」

「それは、まあ……」

長門から叱るような口調で言われ、安吉は恐縮した表情を見せた。その後、長門はなつめに目を向け、

「さっきも言うたように、〈宝船〉はまだ定まってへん菓子どす。改良や工夫の余地があるさかい、これを果林堂の菓子と思うてもろては困りますが」

と、相変わらずの淡々とした調子で言う。

「宝船の作り方を教えてくださいとは申しません。まずは、寒天の扱い方だけ教えていただければ……」

なつめが慌てて言うと、長門はおもむろにうなずき、

「安吉の説明で合点のいかんところがあれば、あてらの誰でもええさかい、訊いとくれやす」

と、告げた。

「ありがとう存じます」

改めて礼を述べたなつめは、それからおそのへと顔を向け、

「照月堂さんへはしばらくご無沙汰《ぶさた》してしまってすみません。皆さん、お変わりありませんか」

と、尋ねた。

「ええ。皆さん、なつめさんが来てくださるのを待っておいでですよ」

と、笑顔で答えたおそのは、それからふと笑みを消すと、

「でも、文太夫さんだけは近頃、元気がないんですよね」

と、気がかりそうに言った。

「文太夫さんが？　お屋敷のご挨拶回りなど忙しすぎるのかしら」

「いえ、忙しいっていうより……。はっきりとは聞いてませんが、一鶴堂っていうお店の手代《てだい》さんのせいじゃないかと思うんですよ」

「え、一鶴堂？」

その時、声を上げたのは安吉だった。見れば、長門や残る二人の職人たちまで驚いた表

情を浮かべている。

「安吉ちゃん、一鶴堂を知っているの？」

　おそのが問うと、

「そりゃあ、江戸の大店《おおだな》だからね。京へ行く前から名前だけは知ってましたよ。それで、つい先日、長門さまたちをご案内したところだったんです」

と、安吉はなおも驚きから覚めやらぬ様子で言う。

「では、皆さん、一鶴堂のお菓子を召し上がったのですね」

　なつめが尋ねると、安吉はそうだそうだと首を縦に振って、長門と目を合わせた。店の菓子を食べただけにしては大袈裟《おおげさ》な反応だが、安吉たちからそれ以上の発言は出てこない。そこで、なつめはおそのに目を戻して、話の続きを促した。

「何でも、行く先々のお屋敷で、その一鶴堂の手代さんと一緒になるらしいんです」

「御用聞きの際にかち合うということですね。お客さまを取り合っているような形なのかしら」

　たぶんそうなんでしょうと、おそのはうなずいた後、さらに話を続けた。

「その手代さんってのが、口も達者で売り込みも上手なんですって。文太夫さんからすれば、品がない態度に見えるらしいんですが、人をその気にさせるのが上手い人なんでしょう。どんどん売り込みに成功してるらしくて、文太夫さんは自分にはそういう才能がないって沈んでいて」

「文太夫さんには文太夫さんのいいところがあるんだから、そんなふうに落ち込むことはないのに……」

　なつめは気の毒に思いながら呟いた。

「でも、それだけじゃないんですよ。最近、お武家さまや茶人の間で〈新六菓仙《しんろつかせん》〉という菓子が評判になっているらしくて」

「〈新六菓仙〉ですって？」

　なつめは吃驚して、裏返った声を上げた。

「噂《うわさ》になってるっていうだけで、はっきりした話じゃないんですよ。文太夫さんも一生懸命探っているんだけど、どこの菓子屋のものかも分からないそうで」

「その話、旦那さんや番頭さんはご存じなんですか」

　と、なつめが問うと、おそのはうなずいた。

「ご存じのはずです。でも、実情が分からないうちから騒いでも仕方がないと、旦那さんはどんと構えていらっしゃるようですが」

　それを聞き、なつめは改めて久兵衛を頼もしく思った。

「そうですよね。旦那さんの〈六菓仙〉の味わいに敵《かな》うお菓子なんて、そうそうあるわけないのですし」

　そこへ、安吉が怪訝《けげん》な表情で口を挟んだ。

「なつめさん、その〈六菓仙〉とか〈新六菓仙〉とかいうのは何なんだ？」

長門たちも聞きたそうな表情を浮かべているのに気づいて、なつめは語り出す。

「〈六菓仙〉は旦那さんがお作りになった六つの菓子の総称です。歌人の六歌仙にちなみ、それぞれの代表歌から六つの菓子を拵《こしら》えられて……。たとえば、業平《なりひら》なら〈唐紅《からくれない》〉、小町《こまち》なら〈桜小町〉というふうに」

「それは面白い拵えやな。ぜひ見て味おうてみたいわ」

長門が与一たちとうなずき合いながら言った。

「そのお菓子はお武家さまや茶人の方々から喜ばれ、旦那さんの菓子を贔屓《ひいき》になさるお客さまが増えるきっかけとなりました。ですから、〈新六菓仙〉なんて菓子を余所《よそ》のお店が出すなんて……」

「なるほど、お嬢はんは余所の店が六菓仙を騙《かた》るのを許せへんとお思いなんやな」

長門からそう切り返されると、

「許せないとまで言うのは、言いすぎかもしれませんが……」

と、なつめは声を落とした。ところが、

「どこが言いすぎなんどす？」

長門は冷静な声で言い返してくる。

「照月堂の代表とも言える菓子を、あえて真似《まね》たというのなら、それは叩きつぶさなあきまへんやろ。『新』とかぶせてることからして、明らかに照月堂の菓子にぶつけてきてます。あたかも〈六菓仙〉からの流れを継いでるような顔で、敵は〈六菓仙〉の功績も奪おうというつもりかもしれへんのやで」

「それに、〈新六菓仙〉が大した菓子でなかった場合は、照月堂の〈六菓仙〉に瑕《きず》をつけることになりますで」

長門の言葉に、政太が続けた。

「文太夫さんがその菓子屋さんを突き止められたらいいけれど」

なつめはおそのを見たが、おそのは首を小さく横に振る。確かに、その手の探索じみたことが文太夫に向いているとは、なつめにも思えなかった。

「さっきの話やら菓子の質やらから思うに、一鶴堂が怪しいのやおへんか」

長門がさらっと告げた。なつめもそうは思うが、ただその店の手代が文太夫と得意先でかち合うというだけで、疑っていいものかどうか。

むしろ、同じようなことを仕掛けた店として、すぐに思い浮かぶのは氷川屋である。

（でも、今では辰五郎さんが親方として入っているのだし……）

氷川屋の主人勘右衛門を心の底から信じることはできないが、辰五郎や菊蔵のいる店が照月堂を追い詰める真似をするとは思えなかった。だが、

「一鶴堂でないなら、氷川屋かもしれへんで」

と、長門の声が飛んで来た。

「ど、どうして氷川屋さんになるんです」

なつめは〈新六菓仙〉の話を聞いた時より動揺して訊き返した。

「安吉、あんたから話したり」

長門の指示により、「へえ」と安吉が膝を進めた。

「さっき、長門さまたちを一鶴堂へご案内したって言ったけど、その前に上野の氷川屋へもご案内したんだ。俺は店の中へは入ってないけどね。そこで、〈菊花の宴〉と〈柿しぐれ〉って菓子を買って来てもらった」

「〈菊花の宴〉なら私も知ってるわ。例の競い合いの時に、氷川屋さんが……」

「ああ、俺も覚えてるよ。だから、氷川屋で〈菊花の宴〉が出てるのはいいんだが、あの菓子を作った重蔵親方は別の店に移っちまったんだよな」

そのことは、辰五郎の氷川屋入りと共に、なつめから安吉へ知らせていた。

「それがどこの店か、なつめさんは知らないのか？」

安吉から問われ、「いいえ、そこまでは……」と、なつめは首を横に振る。

「もしかしたら、一鶴堂じゃないのかな」

と、告げた安吉は、〈菊花の宴〉と〈柿しぐれ〉が一鶴堂で売られていたことを話した。

「考えられるのは二つや。重蔵という親方が氷川屋にいた時から一鶴堂の菓子を真似していたか、氷川屋で作った菓子を手土産に一鶴堂へ移ったか、そのどっちかどすやろ」

長門が安吉の説明に続けて、断ずるように言う。親方に逃げられる店も、引き抜いた職人に前の店の菓子を作らせる店も、あきれたもんやとあざけるような声が続いた。

「なつめさん」

気がつくと、安吉が心配そうな目を向けてきていた。

「俺は重蔵親方を一応知ってるけど、競い合いの場で余所の店の菓子を真似したとは考えにくいんだ。重蔵親方が氷川屋で作った菓子を手土産に、一鶴堂へ移ったってのが真相なんじゃないかと思う」

「重蔵親方が本当に一鶴堂に移ったかどうか、確かめられるかしら」

「それは、俺が調べてみるよ」

と、安吉は大きくうなずき返す。

「〈新六菓仙〉についても調べてみる。もちろん、念のために氷川屋のことも」

分かったらすぐに照月堂の旦那さんに知らせるし、なつめさんにも知らせると言ってくれた安吉の言葉を、なつめはかつてなく頼もしい思いで聞いた。

四

その後、正吉が村人たちや信者たちに当たってみたところ、四人分の布団一式は借りられることになり、五日もあれば用意できるらしい。そこで、七日後の九月十一日、四人は宿を引き払って上落合村へ移ることになった。

その間に、長門は父や九平治から言いつかっている挨拶回りを大方済ませるというので、翌日、安吉は訪問の日取りを伺う使いとして江戸の町中を巡り歩いた。

訪問先は、江戸店《えどだな》を出している京菓子の老舗《しにせ》や、長門の父宝山の昔の知り合いなどである。その中に、神田小川町にある北村季吟の屋敷があった。翌六日の昼八つ時（午後二時頃）に出向いてほしいとの返事を承諾した長門は、当日は与一を供として、北村家へ出向いた。

「あてらが出かけてる間に、政太と安吉で、〈新六菓仙〉を調べとき」

という長門の指示に従い、安吉と政太は氷川屋へと向かう。

「氷川屋へはお一人で訊いて来てください」

自分は店へ入れないという安吉の頼みに、政太は仕方ないと承知した。

「〈新六菓仙〉があればそれを買うて来るが、なくても何も買わんわけにはいかへん。この前とは別の菓子を買うて来まひょ」

と言いつつ、店から十間《けん》（約十八メートル）ほど離れた辻《つじ》で安吉と別れ、一人で氷川屋へ向かって歩き出す。安吉は辻に身を潜めたまま、この日はうろうろせず静かに待った。

（氷川屋の旦那さんはそういや、余所の店から職人を引き抜いてくるのが上手かったんだよな）

かつて氷川屋にいた当時、小耳に挟んだ話を安吉は思い出した。

（そのくせ、自分とこの職人が余所へ行くと、言いがかりをつけるんだ）

あの氷川屋の主人ならば〈新六菓仙〉も作らせかねないという気はする。

（しかし、辰五郎さんがそれに従うとは思えないんだがな）

そんなことを思いつつ、政太を待つうち、安吉は自分に向けられた何者かの強い眼差《まなざ》しを感じ取り、大通りの方へぱっと目を向けた。

少し離れたところから、羽織姿の若い男がじっと安吉を見つめている。安吉と目が合うなり、相手の表情に明らかな変化があった。

「安吉？」

「菊蔵……か」

端整な顔立ちも鋭い眼差しも変わっていない。しかし、一瞬、安吉が混乱したのは、職人であるはずの菊蔵が昼のうちから通りを歩いていたということと、まるでどこかの大店の若旦那のような格好をしていた点であった。

菊蔵は連れもなく一人だったようで、こちらへ向かってすぐに歩を進めて来た。

「お前、京へ行ったと聞いていたが、江戸へ戻って来てたのか」

しばらくぶりの再会を喜ぶ言葉もなく、菊蔵はいきなり訊いてきた。

「あ、ああ。京へ行ったこと知ってたんだな」

それよりお前――と、安吉はなぜか緊張のあまり、かすれた声を出した。

「どうして、そんな格好なんだ？」

「まあ、いろいろあった」

とだけ言う菊蔵の言葉に、それはそうだろうなと、安吉は思った。我が身を振り返れば、氷川屋を出てから数えきれないほどさまざまなことがあったのだ。菊蔵に大きな変化があ

っても不思議ではない。と思った時、

「少し話ができないか」

と、菊蔵は言い出した。

「えっと、それはかまわないけど」

安吉はついつられて言った。

「氷川屋の中じゃ話もろくにできないし、お前だって気が進まないだろう。上野山の麓《ふもと》に茶屋があったの、覚えてるか？　こちらから行って、最初に目につく茶屋だ」

「ああ、分かるけど……」

「そこで待っていてくれ。俺も後から行く」

菊蔵と氷川屋以外の場所で話ができるのは、安吉としては幸いな話だ。〈新六菓仙〉についての話も聞き出せる見込みが高い。

政太とこの後のことは相談していなかったが、事情を話せば、ぜひ行けと言うに決まっている。そう考えて、安吉は菊蔵のやや強引な申し出をそのまま受けることにした。

菊蔵は言いたいことだけ言うと、すぐに氷川屋の方へ向けて去って行った。その菊蔵と途中ですれ違う形で、政太が戻って来る。

「誰や、あの若旦那」

安吉の隠れていた辻から出て来たのが見えたのか、政太が尋ねてきた。手には氷川屋で買った包みがある。

「あいつ、氷川屋で俺と一緒に働いてた菊蔵って職人なんですけど」

「どう見ても、若旦那ふうの格好やないか」

と、不思議そうに言った政太は続けて、氷川屋が出している菓子の中に〈新六菓仙〉はなかったと報告した。

「とぼけて〈新六菓仙〉という菓子があるかと手代に訊いたんやけど、うちのもんやないて言われた」

「そうでしたか。〈新六菓仙〉。実は菊蔵から話をしたいと言われたんです。こっちの知りたいことを聞けるかもしれませんし、申し出を受けたんですけど」

この後すぐの約束なのだと安吉が告げると、政太は案の定「それはええ」と迷わず言った。

「今、どないな立場か知らんけど、前の親方のことで何か聞き出せるやろ。ついでに〈新六菓仙〉のことも訊いて来《き》い」

次の自分たちの行動は、あの若旦那に探りを入れてからの話やと政太は言う。

「あては先に宿へ戻ってるで、あんじょうおやり」

政太は言い置くと、その場で安吉と別れ、松乃屋へ戻って行った。安吉は菊蔵から言われた通り、上野山の茶屋へと向かう。

（どっちにしても、〈新六菓仙〉が氷川屋さんの菓子じゃなくてよかった）

歩きながら、安吉はほっと安堵の息を漏らした。

（となると、やっぱり重蔵親方を引き抜いたのは一鶴堂だったのか）

そして、菊蔵のあの姿はどういうことなんだろう。

政太はふつうに「若旦那」と思ったようだ。確かに、格好は若旦那そのものだった。

氷川屋の主人に跡継ぎの息子はいなかったはず。いたのは、娘のしのぶだけ。

（もしや、あいつ、お嬢さんと――）

ようやくそのことに思い至った時、安吉の足は思わず止まってしまっていた。

（そうか、しのぶお嬢さんはあいつの嫁さんになっちまったのか）

ふと空を仰ぐと、秋晴れの澄んだ青空が少しもの寂しく感じられた。安吉は一つ深呼吸すると、気を取り直して歩き出した。


安吉が上野山の茶屋へ到着し、注文した茶が届いて、一口二口ゆっくりすすっているうちに、菊蔵が現れた。この時は羽織はつけず、着流し姿である。

菊蔵は安吉の隣に腰を下ろすと、自分の分の茶を注文してから、

「急な話ですまなかった」

と、謝罪の言葉を述べた。

「重陽の節句が近いから、ここ数日忙しくてな。また別の日にすると、いつ会えるか分からなくなっちまいそうで」

「あのさ、お前、辰五郎さんとの仕事はどうなんだ」

改まった様子で問うた安吉に、菊蔵は「ああ」と応じた。

「あの人はいい親方だよ。俺は相変わらずだ。氷川屋の婿《むこ》にはなったけどな」

「やっぱりそうか。さっきの格好を見て、そうじゃないかと思ったけど」

「お前は京の店へ行ったんだろ。もう修業を終えて帰って来たのか。京はどうだった？」

菊蔵から問われ、安吉は京へ行ってから今回の旅に至るまでのことを簡単に語った。

「菓子司で働いてたのか。しかも、ご主人は主果餅《くだもののつかさ》だなんて……」

菊蔵は唖然《あぜん》とした顔で呟いたが、我に返ると、改めてまじまじと安吉を見つめてきた。

「それじゃあ、お前はその京の店の坊ちゃんに従って、また上京するのか」

「それは、そうだけど」

「しかし、一生京で暮らすつもりはないんだろ。江戸へは帰って来るんだよな」

菊蔵から言われ、安吉はすぐに返事をすることができなかった。

「お前は身内が江戸にいるんだろ？」

「お父つぁんのことか？　もう縁は切れてる」

安吉は菊蔵から目をそらし、無愛想に言い返した。

「京に残るにしても、江戸へ戻るにしても、お父つぁんのことは関わりないよ」

「……そうか」

菊蔵はそれ以上、安吉の父親のことには触れなかった。

「それよりさ、重蔵親方のことで訊きたいことがあるんだけど」

安吉が話を変えると、「何だ」と菊蔵の顔が少し強張《こわば》った。

「重蔵親方が移った店ってのは、日本橋の一鶴堂か」

「……ああ」

菊蔵は低い声で短く答えた。

「やっぱりそうか。実は、果林堂の坊ちゃんたちを、氷川屋と一鶴堂に案内したんだけど、どっちにも同じ菓子があったんで、首をかしげてたんだ」

「ああ、〈菊花の宴〉と〈柿しぐれ〉だろ。あれらは、重蔵親方が一鶴堂に移る手土産にしやがったんだ。けど、俺たちは俺たちで今もあれらを作り続けている」

と、菊蔵は語った。

「じゃあさ、〈新六菓仙〉って菓子について知ってるか？」

安吉がさらに問うと、菊蔵は驚いた顔を向けた。

「一鶴堂で売ってたのか？」

菊蔵の方が逆に訊き返してくる。

「いや、先日、一鶴堂に行った時は、さっきの二つの菓子に吃驚しちまって、他の菓子には目がいかなかったんだよ。〈新六菓仙〉のことは照月堂で働いてる人から聞いたんだ」

「そうか」

菊蔵は奥歯を噛み締めるような表情を浮かべた。

「〈新六菓仙〉の噂は、俺も聞いたことがある。実物は知らないが、そういう菓子を一鶴堂が武家屋敷に納めてるって話だ。だが、そもそも〈六菓仙〉は照月堂さんの菓子だろう？　それなのに、〈六菓仙〉も一鶴堂の菓子かと誤解してる客も、中にはいるらしい。職人の数が多い一鶴堂は量産ができる。それを世間に広める力が照月堂さんとは比べものにならないんだよ」

「そういうからくりか」

　安吉は納得して、膝に置いた拳を握り締めた。

「照月堂さんはそのことを分かってるのか」

「〈新六菓仙〉という菓子のことは知ってるけど、どこの店なのかまではつかんでないみたいだった。俺の方から知らせておくよ」

「ああ、頼む」

　と、菊蔵は頭を下げた。かつては自分のことをどちらかというと見下していた菊蔵がそこまですることに、安吉は疑問を抱いた。だが、理由を問うのを躊躇《ためら》わせる雰囲気がその時の菊蔵にはあり、安吉は黙っていた。すると、ややあって頭を上げた菊蔵は、目は足もとに向けたまま切り出した。

「俺の実家が小さな菓子屋だったって話したこと、あったか？」

　突然の打ち明け話に、安吉は驚いた。

「いや、聞いてない」

「俺の二親と雇いの職人一人で切り回してる小さな菓子屋だった。けど、その職人を引き抜かれて、うちの店はつぶれたんだ。引き抜いたのは一鶴堂だよ」

「何だって」

安吉は仰天して目を見開いた。

「お前、まさか一鶴堂に仕返ししようとしてるんじゃないよな。そのために氷川屋へ婿入りしたわけじゃないよな」

菊蔵が目を上げて、安吉を見る。安吉は菊蔵を見つめ返した。

「それはない」

と、瞬《まばた》きもせずに言う菊蔵の目は静かだった。

「近いことを考えていた時はあったが、女房にたしなめられた」

「そうか。よかった」

心の底からほっとして、安吉は菊蔵の両肩に手を置き、全身の力を抜いて言った。

「お前がお嬢さんと一緒になったと知って、うまいことやったなって、ちょっとだけ思った。けど、お前にはお嬢さんが必要だったたんだな」

「…………」

安吉を見つめる菊蔵の目がかすかに揺れた。別人を見るような驚きと、かつては持たなかった同輩への信頼の色が芽生えている。

「本当によかった」

もう一度、しみじみと言って、安吉は菊蔵の肩から手を離した。

「もう帰るよ」

　一鶴堂の話を聞かせてくれてありがとうなと言い、安吉は自分の分の茶の代金を縁台に置いて立ち上がった。

「それじゃあ、俺は先に」

　と、言って歩き出そうとした時、

「江戸へ帰って来いよ」

　思いがけない菊蔵の言葉が追いかけてきた。

「何だって？」

「俺は京へ行って修業をしたかったが、もうできなくなった。立場は変わったが、俺の本分は職人だと思ってる。お前に教えてもらいたいんだよ」

　真摯《しんし》な口ぶりだった。

「俺がお前に教えるだって？　それに、俺は氷川屋にはもう……」

「俺が何とかする。今の立場なら何とかできる」

　だから、江戸へ戻った時には、氷川屋へ来てくれないか——かつて安吉相手に見せたことのない真剣な表情で、菊蔵は告げた。

五

同じ頃、北村季吟の屋敷へ挨拶に出向いた長門は、季吟が京にいた折、交誼《こうぎ》があったという父宝山の書状を渡した後、他の客人たちもいるという茶席へ招かれた。

長門の他に三人の客人がいたが、六十から七十ほどの老人で、そこに孫のような年齢の長門が加わるのは傍《はた》から見れば場違いである。他の客人たちも初めは妙な目つきを長門に向けていたのだが、長門は臆することなどまったくない。

その落ち着き払った態度はいつしか場にしっくりと馴染んでしまい、主菓子《おもがし》が供された頃には、妙な眼差しを向ける者もいなくなっていた。

その日、供された主菓子は赤いほおずきの形をしていた。

「銘は〈ほおずき灯《とも》し〉といいます」

と、季吟が告げた。

(ほおずきの実の部分の味を変えてるのやな)

その工夫もさりながら、味わいの奥行きと深みがあって、悪くないと長門は思った。繊細な味を出せるのは季節や天気や客の口に入る時刻など、細かな気配りが行き届いているからだ。すべての菓子をそこまで考え尽くして作り上げることは不可能だが、この菓子はそれがなされている。

北村季吟と菓子屋との間に深い信頼が築かれており、客からの細かな注文に対し、菓子屋が応えようと努めているからではないか。

（お義兄《にい》はんも二条さまからのご注文には、できる限り丁寧に事細かく応えようとしてはったな）

ふと、遠く離れた義兄のことを思い浮かべ、これではまるで自分が義兄を懐かしがっているみたいではないかと、長門は気を腐らせた。

菓子の後、濃茶《こいちゃ》が振る舞われ、茶席の催しは終わった。

長門は改めて、京の主果餅を受け継ぐ柚木家の者として客人たちに引き合わされ、その後、人々は〈ほおずき灯し〉について称賛の言葉を述べ始めた。

「長門殿はいかがでしたか」

季吟に訊かれ、繊細な味わいを褒めた上で、菓銘もいいと述べた。

「ほのかな酸っぱさがわずかな夏の名残りを留めつつ、一方で〈ほおずき灯し〉という銘は忍び寄る冬の炉の温もりを思い出させますさかい」

「去る季節と来たる季節を、同時に味わえる奥深い菓子というわけですな」

長門の評に感じ入った様子で、客の一人が言った。

「この〈ほおずき灯し〉はどちらで注文なさったお品なのでしょう」

「駒込の照月堂という菓子屋ですよ」

ある客への季吟の返事に、長門は内心で声を上げた。

（あの照月堂の旦那はんが作った菓子やったんか）

前に食べた〈菊のきせ綿〉の味と見た目をよみがえらせ、長門は改めて感じ入った。

（お義兄はんと一緒に京で修業したというだけのことはある）

だが、久兵衛の菓子には、京の煉《ね》り切りとは違う、ちょっとした新しさがあった。〈菊のきせ綿〉では葛を上にのせ、〈ほおずき灯し〉では実の部分の味を変えていた。そういった工夫が舌を楽しませ、刺激を与えてくれる。

（そないなとこは、京より江戸の方が受け容《い》れられるのかもしれへんな）

自分でも意外に思える考えが、ふと長門の心に浮かび上がってきた。

京でも久兵衛の菓子は好まれるだろうが、自分なりの新しい工夫が本道を外れていると見なされることがあるかもしれない。

「ところで」

長門が久兵衛の菓子に思いを馳せている間に、客人たちの話題は移っていた。

「まだ見たことはないのですが、近頃、とある菓子について耳にいたしましてな」

と、文人風の客人が言った。

「何でも、〈新六菓仙〉というらしい」

六歌仙の「歌」の字を、菓子の「菓」に替えた粋《いき》な名だと、客は述べた。

「口にすることは愚か、見たこともないのですが、六品の菓子をまとめて〈新六菓仙〉といい、一品一品に銘があるそうな。それが実に興味深いのですよ」

と言って、客は季吟の表情をうかがうようにした。意味ありげな眼差しであったが、季吟は言葉を発しない。客はやがてあきらめたのか、自分で語り出した。

「〈新六菓仙〉の銘はこうです。〈あけぼの〉〈湖月《こげつ》〉〈拾穂《しゅうすい》〉〈山の井〉〈埋木《うもれぎ》〉〈師走《しわす》の月《つき》〉」

「はて、どこかで聞いたような……」

別の客が顎《あご》に手を当てて考え込む。

「さようでございましょう」

文人風の客人はいささか得意げな顔つきで言った。

「何を隠そう、これらはすべて季吟先生のご著作から採ったものに違いありません」

「なるほど、〈湖月〉〈拾穂〉は『源氏物語湖月抄』『伊勢物語拾穂抄』からでしたか」

その後、客人たちは〈あけぼの〉は『枕草子春曙抄《しゅんしょしょう》』からの命名であろう、俳諧《はいかい》関連の書に『山之井』『埋木』『師走の月夜』があるが、これをもとに〈山の井〉〈埋木〉〈師走の月〉がつけられたのだと、昂奮《こうふん》気味に言い合った。

「なるほど、月夜では菓子にならぬから、〈師走の月〉としましたか」

「〈あけぼの〉は『紫だちたる雲』の形でもしておりますかな」

「ぜひとも目で見て楽しみ、味わって楽しみたいものです」

これは、おそのが言っていた菓子のことだと思いつつ、長門は聞き耳を立てていた。客人たちも実物を見たことがないらしく、肝心の菓子屋の名前もまだ出てこないが、少なくると北村季吟とつながっていることが分かった。菓銘に季吟の著作物の題を取り入れているのなら、一言断りを入れるか、試作の味見を願い出ているだろう。

「季吟先生におかれては、もちろんこの〈新六菓仙〉についてご存じでいらっしゃったのでしょう？」

やがて、季吟が話に加わらぬのに焦《じ》れた客の一人が、話を持ちかけた。

「はい。私にぜひ味見をしてほしい、菓銘についてもお許し願いたいと、菓子屋より丁重に頼まれましたのでな」

と、季吟は穏やかに答えた。

「おお、では、その菓子の味を知っていらっしゃる、と」

「見た目もさぞや風情があるのでしょうなあ」

客人たちは色めき立つ。

「いかなる菓子であったのか、ぜひお聞かせ願わしゅう存じます」

客人たちの期待に満ちた眼差しに、季吟はかすかにうなずいてみせた。

「我が著述にちなんだ名をつけてもらい、嬉《うれ》しゅうなかったと言えば嘘《うそ》になります。それが、私への阿《おもね》りと分かっていてもなお――」

柔らかな物言いではあったが、最後の一言は痛烈な皮肉であった。季吟は〈新六菓仙〉を菓子屋によるあからさまな阿りと感じたのだ。

〈やり方を間違えはったな〉

長門は〈新六菓仙〉を作った菓子屋を評した。

北村季吟のようにすでに世の中に認められ、古典の奥ゆかしさを重んじる相手に、あからさまな阿りは不快さを抱かせるだけだ。阿るのなら、自らの才が世間で認められていないことに不満を抱く相手にするべきだった。

「しかし、皆さん。菓子とはやはり味わいですよ」

見た目のすばらしさも、菓銘の工夫も、菓子の良し悪しを決定づける大事な要素なのは間違いない。だが、それらがどれほど見事であっても、味わいに不足があれば台無しだ、と季吟は言いたいのだろう。

季吟の短い返事に、その意図を汲《く》み取ったらしく、盛んに〈新六菓仙〉を持ち上げていた客人たちはきまり悪そうに口をつぐんだ。

「先ほどの〈ほおずき灯し〉のように、どすか」

気まずい沈黙が落ちたところで、長門はおもむろに口を割った。

季吟は長門に目を向けて、静かに微笑む。言葉を返すわけでも、うなずくわけでもなかったが、季吟の考えはその場の誰にも伝わっていた。

「〈新六菓仙〉という名がある以上、旧〈六菓仙〉があるのと違いますか」

長門が話を向けると、季吟はゆっくりとうなずいた。

「はい、ありますよ」

ただし――と続け、長門から別の客人たちの方へ顔を向けた。

「〈新六菓仙〉を作ったお店とは、別の菓子屋のものです」

「なるほど、季吟先生が旧〈六菓仙〉をお気に召してはることが、よう分かりました」

長門は澄ました表情で言った。

尋ねたところで、季吟が〈新六菓仙〉の菓子屋の名を口にするとは思えない。それに、そちらは安吉や政太が調べているだろう。仮に今日のうちに分からなくとも、茶席でこれほどの評判になる菓子ならば、いくらでも調べようはある。

（せやけど、季吟先生の著作物の名を借りておきながら、当の先生に認められてへんことが明らかになってしもたさかい、〈新六菓仙〉はもう終わりやろ）

照月堂はこのまま何もせず、成り行きを見守っていればいい。うまくいけば、今日の茶席に居合わせたこの客人たちが、季吟とのやり取りを触れ回ってくれるだろう。

（そういや、安吉の馴染みの小母はんが言うてはったな。照月堂の旦那はんはどんと構えてはるって）

まるでこうなることを見越していたようではないか。

（照月堂はんは、これから躍進されはるのやな）

わけ知り顔にふっと大人びた笑みを刻んだ長門は、同席の者たちに悟られぬよう、静かに顔を伏せた。

六

上野山の麓の茶屋で菊蔵と別れた安吉は、松乃屋へ帰るなり、

「何かあったんか」

待ち受けていた政太から、いきなり心配そうな顔を向けられた。

「えっ、どういうことですか？」

安吉は我に返って政太を見つめ返したが、

「どないなことって、あてが訊いてるんやないか。あんた、幽霊にでも会《お》うてきたような顔してるで」

と、政太は言う。

「幽霊って、まさか」

安吉は笑い飛ばそうとしたが、脳裡《のうり》に菊蔵の顔が思い浮かぶと、氷川屋へ来てくれと言われたことまでもがよみがえり、動揺した。

菊蔵への返事を、あの場ですることはできなかった。考えさせてほしいと言って別れたのだが、京へ発つ前には返事をすると約束している。

「あの若旦那との話はどうやったんや」

政太から訊かれ、安吉は菊蔵の頼みの件をいったん脇へ追い払った。

「菊蔵は氷川屋さんへ婿入りしたんだそうです。やっぱり今は若旦那になってて、時々、ああいう格好で挨拶回りなんかもするらしいんですが、本分は職人だと言ってました」

「それで、前の親方が引き抜かれた先は分かったんか」

「はい。思った通り、日本橋の一鶴堂でした。それに、〈新六菓仙〉を作ってるのも一鶴堂って噂だそうです」

安吉が告げると、政太は「そうやったか」と唸った。

「それに、菊蔵が話してくれたんですが……」

と、安吉は菊蔵の生家の菓子屋が職人を一鶴堂に引き抜かれ、潰れていたことも、打ち明けた。

「ほな、あの若旦那にとっちゃ、一鶴堂は親の敵《かたき》というわけやな」

そないな偶然もあるんやなあと、しばらく唸っていた政太は改めて安吉を見つめると、

「あの若旦那から一鶴堂への恨みつらみを聞かされたせいで、あんたはそない生気を失《な》くしてしもたんか」

と、納得した様子でうなずいた。

「いや、そうじゃありませんよ。菊蔵はお嬢さん、いや、今はおかみさんですが――にたしなめられ、そういう気持ちは持たないことにしたってはっきり言ってましたから」

「ほう。ほな、あんた、その氷川屋のお嬢はんに惚《ほ》れてたんか」

「えっ」

安吉が上の空であることの原因ではないが、当たらずとも遠からずである。

「まあ、氷川屋のお嬢さんはきれいなお人でしたからね」

安吉は適当に話を合わせておいた。

「あのなつめというお嬢はんもきれいやと思うが、あん人よりもか？」

「へっ、なつめさん？」

さらに思ってもみなかった言葉が政太の口から漏れ、安吉は唖然とした。なつめをそういう目で見たことは一度もない。しかし、改めてなつめの顔立ちを思い浮かべてみると、確かに政太の言う通り器量よしである。

「そう言われてみると、どっこいどっこいですかね」

何となくどぎまぎしながら、安吉は言った。

「ほう。江戸にも器量よしがけっこうおるんやな。まあ、なつめお嬢はんは京の女子《おなご》やけど」

「ああ、そういえば、そうでしたね」

「あれで、はんなりと京言葉を話さはったら、了然尼さまのお若い頃のようにも見えるんやけどな」

政太は、しゃべり方がなつめの難点だという言い方をした。

「こっちが長いせいで忘れてしもたんやろな。あの風情のないしゃべり方は、お嬢はんの値打ちを一つも二つも下げてはるで」

なつめのしゃべり方は、江戸のおきゃんな町娘と比べたら淑《しと》やかな方だ。そう言い返したいところだったが、言えばいろいろと誤解されそうで、安吉は口をつぐんだ。

話がおかしな方へねじれたお蔭《かげ》で、安吉もようやく落ち着きを取り戻したところへ、北村季吟の屋敷へ出かけていた長門と与一が戻って来た。

「お帰りなさい」

と、出迎えた安吉と政太に、

「〈新六菓仙〉のことで分かったことがあるが、そっちはどないや」

と、長門は前置きもなしに尋ねてきた。

ひとまず、一鶴堂の作ったものらしいとだけ伝え、くわしい話は菓子を食べながらということになった。

「氷川屋はんで買うて来た栗羊羹《くりようかん》がありますさかい」

と、政太が言うので、安吉は麦湯をもらいに行き、皆で車座になって話が交わされた。

安吉が菊蔵から聞いた話を披露した後、長門が北村季吟の茶席で客人たちから聞いたという話をする。一通りの話が終わった後で、

「ほな、照月堂はんが〈新六菓仙〉を気にする必要はないということどすな」

政太が話をまとめるように言うと、長門はうなずいた。

「せや。一鶴堂がそないな画策をしてることは知ってた方がええやろけど、ひとまずは大事無《の》うおすやろ。季吟先生も照月堂はんの菓子をえろう気に入ってはるようやったし」

「長門さま、その茶席での北村季吟さまのお話、照月堂の皆さんにお話ししていただけませんか」

安吉は長門に頭を下げた。

「ああ、かまへん。どっちにしろ、了然尼さまのもとへ移ることになった挨拶に行かなあかんしな」

長門はすぐに承知した。

「せやけど、ゆっくり話をするなら、重陽の節句が終わってからの方がええやろな」

節句の数日前から九日当日まで、菓子屋は忙しくなる。

「ほな、十日にお邪魔するのがええどすやろな。上落合村へ移るのは十一日どすし」

与一の言葉に「せやな」と長門はうなずいた。

「それまでは、挨拶回りをしながら、せいぜいあちこちの菊の菓子を試させてもらおか」

長門の言葉に、与一と政太が「へえ」と意欲に満ちた返事をした。


そして、九月十日。長門らは全員そろって、再び照月堂へと向かった。この日は荷物もないため歩いて行く。

照月堂の店前に至ると、長門らは躊躇わず店へ入って行こうとするが、その暖簾《のれん》を正面からくぐることに安吉は躊躇いを覚えた。

「俺はやっぱり、裏口から入らせてもらいますよ。おかみさんにもご挨拶したいんで」

と、長門らに言い置き、庭の枝折戸《しおりど》に通じる道へと向かう。

その時、安吉の目に一人の男の姿が飛び込んできた。男は袴《はかま》を着け、脇差《わきざし》を帯びており、菅笠《すげがさ》をかぶっていた。どことなくわけありの浪人ふうに見える。

あまり関わり合いにならぬ方がよいと思い、さっさと目をそらして行こうとしたまさにその時、相手が顔を上げた。菅笠の奥から二つの目が射貫《いぬ》くように向けられている。

「失礼」

もたもたしているうちに、男は安吉に近付いて来た。

「こちらの店によく来られる方か」

落ち着いた声で、男は尋ねてきた。老成した感じに聞こえるが、目の前で見る顔は三十《みそ》路《じ》くらいに見える。

「え、いや、まあ」

安吉がすぐ返せずにいると、「一つお尋ねしたいが」と男は突然言い出した。

「こちらになつめという娘がいないだろうか」

「えっ」

安吉は声を上げ、改めて男の顔をまじまじと見つめてしまった。見覚えはない。相手は安吉の眼差しを受け流すように目をそらした。

「私は、その娘の親戚の者だ」

と、男は目をそらしたまま言う。

それはおかしい、と安吉の中で警戒の心が働いた。

「なつめさんに、お付き合いのある親戚はいないはずですが……」

と、言い返した後、相手の年の頃と装いがなつめの行方知れずの兄慶一郎《けいいちろう》のことを突如として思い出させた。

「まさか、お兄さんですか」

相手が安吉に目を戻してきた。なぜそのことを知っているのかと、安吉に向けられた目には驚きばかりでなく、問いただすような鋭い光が宿っていた。


同じ十日の夕刻のこと。上落合村の了然尼となつめが暮らす庫裏では、長門の一行を迎えるのを明日に控え、その準備に余念がなかった。すでに四人分の寝具はそろえられ、正吉とお稲によって、長門の部屋とその他三人の部屋にそれぞれ運ばれている。

二部屋の掃除は行き届き、せっかくだからと、なつめは長門の部屋に桔梗《ききょう》を、安吉たちの部屋には薄《すすき》を活《い》けておいた。

こうして準備が終わって一段落した後、

「少し外の風に当たりまひょか」

と、了然尼に誘われ、なつめは庭へ出た。本堂を建造する木槌の音は今も続いているが、庫裏の庭の辺りは耳にうるさいこともない。

二人は自然と、照月堂から贈られた棗《なつめ》の木の方へと向かった。移し替えたこの年、実をつけるかと案じられていた棗の木は、しっかりと暗赤色の実をつけている。

「さっそく今年から実がついてよかったです」

植え替えた後も何度も世話に来てくれた健三さんのお蔭だと、なつめは微笑んだ。

「照月堂はんへも持って行かはるのやろ」

了然尼の言葉に、なつめはうなずき返す。

「はい。おかみさんにも食べていただきたいですし」

「うちで蜜漬けにした分は、長門はんたちに召し上がっていただけるかもしれへんしな」

あの枝はもうそろそろ穫《と》ってもいいだろうか、もう一日か二日待った方がいいだろうか、と和やかに語らっているうち、了然尼の眼差しがふと自分の背後に注がれたことに気づき、なつめは口を閉ざした。

振り返ると、菅笠をかぶった袴姿の男が立っている。男はゆっくりと菅笠を脱いだ。そして深々と頭を下げると、しばらくの間、動かなかった。

「……兄上」

なつめの唇はその言葉を刻むなり、凍り付いてしまった。

引用和歌

◆五月待つ花橘の香をかげば　昔の人の袖の香ぞする（読人知らず『古今和歌集』）

◆色よりも香こそあはれとおもほゆれ　誰が袖ふれし宿の梅ぞも（読人知らず『古今和歌集』）

参考文献

◆塚本哲三編『謡曲集下』（有朋堂書店）
◆金子倉吉監修　石崎利内著『新和菓子体系』上・下巻（製菓実験社）
◆藪光生著『和菓子噺』（キクロス出版）
◆藪光生著『和菓子』（角川ソフィア文庫）
◆清真知子著『やさしく作れる本格和菓子』（世界文化社）
◆宇佐美桂子・高根幸子著『はじめてつくる和菓子のいろは』（世界文化社）
◆『別冊太陽　和菓子歳時記』（平凡社）

本書は、ハルキ文庫のために書き下ろされた作品です。

文庫 時代小説
し 11-13

宝《たから》の船《ふね》 江戸《えど》菓《か》子《し》舗《ほ》 照月堂《しょうげつどう》

著者 篠《しの》 綾《あや》子《こ》

2021年1月18日第一刷発行

発行者 角川春樹

発行所 株式会社 角川春樹事務所
〒102-0074 東京都千代田区九段南2-1-30 イタリア文化会館

電話 03(3263)5247[編集] 03(3263)5881[営業]

印刷・製本 中央精版印刷株式会社

フォーマット・デザイン&シンボルマーク 芦澤泰偉

ISBN978-4-7584-4384-5 C0193

http://www.kadokawaharuki.co.jp/[営業]
fanmail@kadokawaharuki.co.jp[編集] ご意見・ご感想をお寄せください。